DREAMBOOKS★

DREAMBOOKS★

DREAMBOOKS★

DREAMBOOKS★

ORIENTAL FANTASY STORY & ADVENTURE

시니어 신무협 장편소설

수라전설 독룡 1 수라의 시작

초판 1쇄 인쇄 2018년 8월 24일
초판 1쇄 발행 2018년 9월 3일

지은이 시니어
발행인 오영배
기획 박성인
책임편집 이대용
일러스트 eunae
디자인 권지연
제작 조하늬

펴낸 곳 (주)삼양출판사 · 드림북스
주소 서울시 강북구 도봉로 173
대표 전화 02-980-2112 **팩스** 02-983-0660
편집부 전화 02-980-2116 **팩스** 02-983-8201
블로그 blog.naver.com/dreambookss
출판등록 1999년 3월 11일 제9-00046호.

ISBN 979-11-283-9449-2 (04810) / 979-11-283-9448-5 (세트)

+ 이 도서의 국립중앙도서관 출판시도서목록(CIP)은 서지정보유통지원시스템홈페이지(http://seoji.nl.go.kr)와 국가자료공동목록시스템(http://www.nl.go.kr/kolisnet)에서 이용하실 수 있습니다. (CIP제어번호: 2018026581)

수라전설 독룡

1 | 수라의 시작 |

시니어 신무협 장편소설

ORIENTAL FANTASY STORY & ADVENTURE

dream books
드림북스

목 차

序

태조 사후, 가장 혼란스러웠던 건문(建文) 사 년의 무림.

강서성, 남창(南昌) 지역.

북으로 구궁산, 좌우로 용천산과 백운산, 남쪽으로 장산(章山)을 끼고 하늘을 찌를 듯 솟아오른 봉우리들의 사이에 무림총연맹(武林總聯盟)이 둥지를 틀고 있다.

당금 강호에서 가장 큰 위세를 가진 단체라는 걸 증명이라도 하듯 담마다 가입한 문파의 깃발들이 수십 개씩 휘날리고, 삼 층, 사 층으로 지어진 수많은 전각은 웅장한 자태를 뽐낸다.

정문은 혼자서는 열기도 힘들어 보이는 두 짝의 철문으로 만들어졌으며, 정문을 지나서도 몇 차례나 관문을 지나서야 내원으로 들어설 수 있다.

내원의 바로 앞.

족히 일만 명은 수용하고도 남을 크기의 대연무장에는 당대의 영웅호걸들이 입추(立錐)의 여지도 없이 가득 대연무장을 메웠다.

둥, 두둥!

가슴을 울리는 묵직한 북소리가 들려오는 가운데 군웅(群雄)들의 시선이 앞쪽 단상으로 향했다.

단상의 좌측으로는 백도 무림의 지주라 할 수 있는 구대문파의 장문인들이 흰 수염을 쓰다듬으며 단상 아래를 내려다보고, 단상 우측으로는 구주사해(九州四海)에 위세를 떨치고 있는 팔대무림세가의 가주들이 시립하였다.

그리고 그 중앙에는 장대한 체구의 중년 남자가 유독 강렬한 존재감을 드러내며 서 있다.

머리엔 상투를 틀고 붉은 바탕에 금색 수실로 장식된 장포를 걸쳤으며 허리에는 한 자루 창연한 빛을 내는 고검을 찼다.

그가 당당한 모습으로 뭇 군웅들을 바라보는데 눈빛이 가히 한 마리 사자와도 같아 오히려 군웅들이 위압감을 느

낄 정도였다.

무림총연맹의 창설 이후 최고의 고수이며 대협객(大俠客)이라 일컬어지는 무림총연맹 맹주 금강천검(金剛天劍) 백리중이었다.

백리중이 손을 들자 북소리가 그쳤다.

모두의 이목이 다시 한 번 백리중을 향해 몰렸다.

백리중은 소리 높여 군웅들을 향해 외쳤다.

"형제들이여!"

군웅들이 뜨거운 함성으로 맹주 금강천검 백리중의 개회사에 화답했다.

"와아아!"

"와아아아!"

백리중이 다시 한 번 외치며 크게 포권하였다.

"형제들이 의로운 뜻으로 이 자리에 모여 주었으니, 여기 이 백 모가 무림총연맹을 대신하여 감사 인사를 드리겠소이다!"

뭇 군웅들이 함께 포권하며 외쳤다.

"협의불원 사마멸진(俠義不遠 邪魔滅盡)!"

"강호평평 태도관청(江湖平平 太道貫靑)!"

백리중이 재차 힘껏 포권하며 외쳤다.

"오늘 우리는 강호 무림 역사상, 어쩌면 전대미문일지

모르는 단 한 명의 적을 맞이하여 이 자리에 모였소! 비록 개개의 힘은 미약하나 모두가 힘을 합한다면, 그가 설혹 고금 이래 천고의 대살성(大殺星)이라 할지라도 우리가 반드시 처단할 수 있을 것이오!"

"와아아아!"

군웅들의 환호 속에 백리중이 포권을 거두었다.

백리중은 환호가 잦아들기를 기다렸다가 곧 소매에서 한 뼘 길이의 삼색 깃발 세 자루를 꺼내 들었다.

"오늘 아침 형제들은 이와 같은 세 자루의 깃발을 받으셨을 것이오. 이것은 천라지망 속에서 그자를 상대하기 위하여 총군사가 고안한 것으로, 깃발마다 한 가지씩의 뜻이 담겨 있소."

군웅들이 형형한 눈빛으로 백리중의 말을 경청했다.

백리중이 파란색의 깃발을 들었다.

"첫째, 청색기(靑色旗)는 경미한 독이 살포되어 이급 이상의 무인이 출입 가능한 지역임을 나타내는 것이오."

백리중이 이어 녹색의 깃발을 들어 보였다.

"둘째, 이 녹색기(綠色旗)는 깃발이 회수되기 전까지 일급 이하의 무인은 십 장 이내로 접근하지 말 것을 의미하오. 그리고 마지막으로……."

백리중은 잠시 말을 끊었다가 빨간색의 깃발을 들었다.

"적색기(赤色旗). 이 적색기의 의미는 제독불가(除毒不可). 이 적색기가 보이면 특급 무인이라 할지라도 백 장 이내로는 접근하지 말아야 하오."

군웅들의 입에서 웃음기가 사라졌다.

백리중이 비장한 어조로 말했다.

"설혹 형제들이 그자의 독에 한 줌 독수(毒水)가 되어 녹아 버릴지라도, 단 일말의 기운이라도 남아 있다면 다음 사람을 위해 반드시 이 깃발을 남겨 두어야 하오. 그렇지 않으면 우리는 정의로운 강호의 내일을 기약할 수 없게 될 것이오."

묵직한 침묵이 대연무장을 휩쓴다.

그만큼 그들이 상대하고자 하는 적은 공포스럽고 강대했던 것이다.

그때.

섬전같이 빠른 하나의 빛줄기가 단상의 백리중을 향해 날아갔다.

파악!

날카로운 소리를 내며 백리중의 발 앞에 빛줄기가 틀어박혔다.

구대문파의 장문과 팔대무림세가의 가주들이 분분히 공력을 끌어 올렸다.

하나 백리중은 과연 당대 최고의 호걸답게 단 한 걸음도 움직이지 않은 채 노호성(怒號聲)을 질렀다.

"웬 놈이냐!"

그러나 그는 이내 자신의 발 앞에 날아와 박힌 물체를 확인하고는 두 눈을 부릅떴다.

최대한 담담하려 애썼으나 안면의 경련을 감출 수 없었다.

자신에게 날아온 것, 그건 다름 아닌 한 자루의 적색기였던 것이다.

이어 들려온 한마디.

"자, 이러면 됐습니까?"

그 목소리를 들은 군웅들의 얼굴에서 핏기가 사라졌다.

적색기.

적색기의 의미는 제독불가 지역.

특급 무인이라 할지라도 백 장 이내로 접근하지 못한다는 뜻이라 하지 않았는가.

군웅들의 시선은 절로 적색기가 날아온 쪽으로 돌아갔다.

대연무장으로 들어오는 입구에 좌우로 늘어선 석 장 높이의 담.

거기에 그가 올라서 있었다.

다소 창백하여 하얀 피부.

딱히 눈에 띄는 것 없이 평범한 인상.

약관을 겨우 지난 정도로 보이는 젊은 청년이었으나, 그가 방금의 한마디를 했다는 건 명확했다.

청년이 뿜어내는 음습한 분위기에 군웅들은 오싹해졌다.

팔대무림세가 중 하나인 남궁가의 가주가 소리를 쳤다.

"네 이놈! 감히 여기가 어디인지는 알고 나타난 것이냐!"

청년의 입 끝이 씰룩였다.

청년은 경멸하는 투로 남궁가의 가주를 보더니 한참이나 후에야 대답했다.

"모르고 왔겠습니까?"

"저, 저…… 악독한 놈이!"

남궁가의 가주가 얼굴이 새빨개져서 손가락질을 해 댔다.

그러나 이내 그는 깨달았다.

이곳 대연무장은 내원의 바로 앞쪽에 자리하고 있었다.

정문에서부터 들어오려면 삼중, 사중의 경계를 지나쳐야 한다.

그러나 청년은 아무렇지 않게 저 담에 서 있다.

여기까지 오는 동안 아무런 방해도 받지 않은 건 아닐 터이고, 들어오는 걸 아무도 막지 못했다고 보는 게 정확할 것이다.

그런데 청년이 정문에서 여기까지 오는 동안 아무도 눈치채지 못하였다니!

군웅들도 곧 그 사실을 깨달았다.

저절로 침묵이 찾아왔다.

청년은 남궁가의 가주에게서 시선을 떼고 이어 단상 위의 사람들을 훑어보기 시작했다.

그러다가 금강천검 백리중에게서 시선을 멈추었다.

"오랜만입니다."

백리중은 대답하지 않았다.

그러나 그의 얼굴이 딱딱하게 굳어 있는 것은 누구라도 알 수 있는 일이었다.

"자, 그럼."

청년이 고개를 좌우로 꺾어 우득 소리를 냈다.

방금까지 대살성을 성토하며 달아올랐던 대연무장의 분위기는 이제 온데간데없다.

무겁고 차가운 공기만이 스산하게 가라앉아 있을 뿐이다.

일만의 군웅들은 저마다 잔뜩 긴장하여 무기를 꼬나 쥐고 노려보았다.

청년은 자신에게 향한 일만 쌍의 시선을 피곤한 얼굴로 받아 내더니, 입에 한 줄기 풀을 물고 씹기 시작했다.

으적으적.

풀 씹는 소리 말고는 바람 소리조차 들리지 않는 적막한 분위기였다.

청년이 이내 살기 띤 표정으로 조용히 말했다.

"어차피 나 죽이려고 모인 거니까, 한 분도 살아 돌아갈 생각하지 맙시다."

곧 청년의 눈 안쪽에서부터 은은한 청녹광(靑綠光)이 흘러나왔다.

그가 바로 당금의 강호에서 천고의 대살성으로 불리는 자.

그 단 한 명을 잡기 위해 무림총연맹으로 하여금 일만 명의 대회합을 주최하게 만든 자.

독룡(毒龍) 진자강이었다.

第一章

멸문(滅門)

첩첩산중으로 깊은 산 속.

굽이굽이 이어진 산길의 끝에 기화요초(琪花瑤草)가 만발한 계곡이 있었다.

아름다운 꽃과 풀들 사이로 띄엄띄엄 지어진 소박한 초가집들마저도 목가적이고 평화로운 풍경이었다.

그러나 어딘가 모르게 분위기가 깊이 가라앉아 있었다.

덜컥.

초가집 한 채에서 성인 남자 한 명이 문을 열고 나왔다.

한데 남자는 겉보기에도 정상이 아니었다.

양쪽 눈두덩은 시커멓게 부풀었고 입에서는 피가 흘렀

다. 얼굴과 목의 피부도 얼룩덜룩했다.

"자, 장로님께 이 사실을……."

부글거리며 끓는 듯한 목소리로 말을 겨우 내뱉은 남자는 더 말을 잇지 못하고 고꾸라졌다.

곧 방문에서 한 뼘이 넘는 새까만 지네가 기어 나왔다.

지네가 나온 곳은 그 집뿐만이 아니었다. 다른 집에서도 굵직하고 징그럽게 생긴 지네들이 연이어 기어 나왔다.

"컥!"

"크악!"

답답하게 내뱉는 낮은 비명 소리도 간헐적으로 튀어나왔다.

소년 진자강의 집도 예외는 아니었다.

자그마한 단칸 초옥.

이제 갓 열 살이 된 진자강은 낮잠을 자다가 이상한 느낌에 눈을 떴다.

그런데 반쯤 졸린 눈으로 둘러본 방 안엔 전혀 상상도 못할 광경이 펼쳐져 있었다.

엄마가 시커먼 얼굴로 쓰러져 있었던 것이다.

철이 들지 않았다 해도 변고가 생겼다는 건 본능적으로 알 수 있었다.

"엄마?"

퉁퉁 부어서 떠지지도 않는 눈으로 엄마가 진자강을 쳐다보았다. 눈에서 눈물인지 핏물인지 모를 시커먼 것이 흘러내렸다.

짙은 자색으로 말라붙은 엄마의 입술이 달싹였다.

달 아 나.

입 모양이 그렇게 말하고 있었다.

하지만 진자강은 달아날 수 없었다.

"엄마!"

진자강이 엄마의 품으로 달려든 순간, 진자강은 갑자기 숨이 턱 막혔다.

눈앞이 핑 돌면서 방 안이 일그러지기 시작했다.

엄마에게 달려가기도 전에 바닥에 쓰러졌다.

쿵! 하고 방 안을 나뒹굴었다.

얼굴이 간지럽고 눈이 따가웠다.

"으, 으아. 으아아."

줄줄 흘러내리는 눈물과 흐릿한 시야 사이로 엄마가 손을 뻗는 모습이 보였다.

쓰러진 엄마의 머리 위쪽에 길이가 거의 두 뼘은 족히 되어 보이는 커다란 지네가 똬리를 틀고 뱅뱅 도는 모습도 보였다.

'독지네!'

평소에 가끔 보이던 지네와는 달랐다. 꼬리인지 머리인지 알 수 없는 끄트머리가 오색 찬연한 색으로 빛나고 있었다.

이내 오채(五彩)로 빛나는 부분이 정확하게 진자강이 있는 방향을 향했다. 그제야 진자강은 빛나는 부분이 머리라는 걸 알 수 있었다.

말로만 듣던 오채오공(五彩蜈蚣)이었다.

독지네 중의 독지네.

오채오공이 품은 독이 얼마나 독한지, 진자강은 아직 물리지도 않았는데 공기 중에 퍼진 독기만으로 중독 증세가 일어났다.

쉬쉭.

갑자기 오채오공이 진자강을 향해서 기어 오기 시작했다.

백 개는 더 되어 보이는 것 같은 발들이 바삐 움직이고 있었다.

진자강은 소름이 끼쳤지만 움직일 수가 없었다. 눈을 현란하게 만드는 채광이 더욱 공포스러웠다.

지네에게 물릴 거라는 생각이 들었다. 물리면 어머니처

럼 될 거라는 생각도 들었다.

발로 밟아 죽이고 싶었지만 팔다리가 움직이지 않았다. 독기 때문인지 눈까지 캄캄해져 오기 시작했다.

지네가 순식간에 진자강의 팔을 타고 목까지 기어 올라왔다.

콱!

목에서부터 엄청난 고통이 퍼졌다. 목에서부터 머리카락 끝까지, 발끝까지 바늘이 쭉 통과하는 느낌이었다.

'으아아악!'

어찌나 독이 강한지 목이 오그라들어 소리도 나오지 않았다.

지네가 입 근처를 지나가자 입술 근처가 따끔거렸다. 이 상황에서 진자강이 할 수 있는 일은 별로 없었다. 진자강은 될 수 있는 한 입을 크게 벌렸다.

그러고는 지네의 몸통을 힘껏 물었다.

꽈드득!

이빨이 부러진 건지 아니면 지네의 껍질이 부서진 건지 모르지만, 끈적한 액체가 튀었다. 지네가 마구 발버둥을 치는 게 느껴졌다.

왼쪽 눈 밑이며 광대뼈 부근이 후끈해졌다. 지네에게 또 물린 모양이었다.

하지만 감각이 마비되었는지 아까만큼의 통증은 느껴지지 않았다.

진자강도 질세라 또다시 지네를 물었다.

와직!

진자강도 지네도 필사적이었다.

정신이 혼미해졌기 때문에 입 안에 무엇을 물고 있는지, 목을 타고 넘어가는 게 무엇인지, 지네가 몇 번을 물었는지도 자각하기 힘들었다.

다만, 이 지네가 모친을 저렇게 만들었다는 것만은 확실히 알 수 있었다.

'이 못된 지네! 죽어! 죽어어어어! 우리 엄마를 살려내!'

와드득! 와직! 까드득!

진자강은 정신이 완전히 사라질 때까지 지네를 물어뜯었고, 지네도 머리통과 독이 밴 앞발이 사라질 때까지 진자강을 물었다.

쿵.

진자강은 다리가 풀려 뒤로 넘어지다가 뒤통수를 벽에 부딪쳤다. 바삭 소리가 나며 벽에 걸려 있던 말린 약초가 우수수 떨어졌다.

며칠 전 수확해서 말리려고 걸어 둔 석제녕(石薺薴)이었다. 석제녕은 들깨풀을 뿌리째 뽑아 말린 약재로 지네에 물렸을 때 효과가 있었다.

원래 이곳 백화절곡(百花絕谷)은 온갖 약초를 재배하고 그것으로 단약을 만들며 살아가는 작은 문파였다. 어렸을 때부터 수많은 약초와 함께 자란 진자강도 약초에 대해서 어느 정도는 알았다.

진자강은 감각도 없는 몸으로 기어가 방바닥에 떨어진 마른 석제녕들을 입으로 씹었다.

아작아작.

하지만 오채오공의 강력한 독에 석제녕 몇 줄기로 효과를 보긴 어려웠다. 씹는 속도가 점점 느려지면서 진자강의 의식은 점점 사라져 갔다.

그때, 방문을 부수고 노인 한 명이 뛰어 들어왔다.

"자강아!"

백화절곡의 장로이자 진자강의 외할아버지인 손위학이었다.

손위학은 끔찍한 몰골로 죽은 딸의 모습에 슬퍼할 겨를도 없이 손자인 진자강을 안아 일으켰다.

진자강의 얼굴도 딸 못지않게 처참했다. 얼굴이 퉁퉁 붓고 검은 피가 줄줄 흘렀다.

이미 백화절곡이 초토화된 상황인 걸 손위학도 알고 있

었다. 누군가 맹독을 가진 독지네를 대량으로 풀어 놓은 것이다.

진자강의 입가에 석제녕의 마른 부스러기가 붙어 있는 걸 보고 손위학은 가슴이 아려 왔다.

이 어린 것이 얼마나 살고 싶었으면 그 와중에도 석제녕을 씹었을까.

"대체 어떤 놈들이 이런 천인공노할 짓을 저지른 것이냐!"

손위학이 진자강을 붙들고 눈물을 씹어 삼키는데 놀랍게도 진자강이 신음 소리를 냈다.

"으으……."

"자강아!"

열 살도 안 된 아이가 독지네에 물리고도 어떻게 살아 있는지는 알 수 없었으나 어쨌든 그에게는 손자가 살아 있다는 게 중요했다.

손위학은 급히 품에서 작은 함을 꺼냈다.

함을 열자 청량한 향기가 방 안을 감쌌다.

겉보기에는 불그죽죽하니 볼품없이 생긴 단약이었으나 이것은 백화절곡이 자랑하는 화정단심환(花精丹心丸)으로 무려 천 종류에 가까운 약초를 달여 만든 영단(靈丹)이었다.

손위학은 화정단심환을 자신의 입에 넣고 녹여서 진자강의 입에 흘려 넣어 주었다. 식도가 퉁퉁 부은 진자강의 목으로 녹은 화정단심환이 겨우 흘러들어 갔다.

손위학이 내공을 끌어 올려 진자강의 명문혈에 손을 댔다. 화정단심환의 진기를 유도하고 독기를 배출시켜보려 한 것이다.

그러나 그때 방문이 뜯겨 나가며 한 노인의 목소리가 들려왔다.

"허허, 아까운 화정단심환이 쓸모도 없는 아이의 뱃속으로 들어가 버렸구나."

말을 한 노인은 뜯어낸 문짝을 들고 방 밖에 서 있었다. 상투를 틀고 시커먼 도포를 둘렀는데, 인자한 말투와 달리 눈썹은 치켜떠 있고 눈매가 날카로워 인상이 매섭기 그지없었다.

손위학은 노인을 알아보았다.

"망료!"

운남의 오대독문(五大毒門) 중 한 곳인 지독문(至毒門)의 대장로였다.

"그러게 진작 내 말을 들었으면 좋았잖나. 노인네의 고집에 애꿎은 식구들만 죽어 나갔으니 이를 어찌 감당할 게야. 쯧쯧."

손위학의 눈에 불이 켜졌다.

"살극은 네놈들이 벌여 놓고 무슨 허무맹랑한 소리냐!"

"이런 답답한 사람을 봤나. 화를 자초하였으면 대가를 치러야지. 그냥 넘어갈 수 있을 줄 알았는가?"

"대가? 무슨 대가 말이냐?"

"백화절곡의 식솔들을 이끌고 본 지독문의 휘하로 들어오라, 그러면 극진히 대접하겠다…… 하는 내 정중한 요청을 자네가 단칼에 거절하지 않았는가. 나 자존심이 많이 상했다네."

손위학은 망료를 노려보며 천천히 말을 내뱉었다.

"우리 백화절곡은 작지만 삼백 년을 이어 온 약문(藥門) 일파(一派)다. 독으로 살상을 일삼는 지독문 따위에 복속될 수 있겠는가!"

망료가 타이르듯 말했다.

"사람이 우선 살고 봐야지. 다 죽고 나서야 그놈의 약문이니 독문이니…… 대체 그게 무슨 소용인가?"

"네 이놈! 그저 먹고 사는 게 전부인 삶이라면 그 삶이 짐승과 다를 바가 무엇이냐! 백화절곡은 결코 독문에 굴하지 않을 것이다!"

"허어, 답답한 사람 같으니. 약초도 과하면 독이 될 수 있고, 독초도 잘 쓰면 약이 될 수 있네. 약문도 독문도 결국은 한 뿌리인 것을…… 이왕이면 같은 운남 사람끼리 서로 돕고 살아야지, 왜 자꾸 내치려고만 하는가?"

"이노옴, 망료……!"

갑자기 망료가 고개를 내저었다.

"뭐, 자네의 뜻이 정 그렇다면 됐네. 그리고 노파심에서 말인데 지금 하는 헛수고는 그만두게. 어차피 자네 손자의 목숨을 살리긴 어려울 걸세."

사실 지금껏 손위학은 일부러 말을 길게 끌면서 진자강의 몸에 내공을 넣어 살리려 했던 것이다.

하지만 의아하게도 전혀 내공이 들어 먹히질 않아 애를 먹고 있던 참이었다.

그런데 망료는 그게 당연하다는 듯 말하고 있었다.

어째서?

손위학이 의아한 눈으로 망료를 보자, 망료가 혀를 차며 답했다.

"쯧쯧. 내 자네 딸과 손자의 방에는 특별히 귀한 오채오공을 넣었다네."

손위학은 아득해졌다.

오채오공!

강호제일 독문으로 불리는 당가에서조차 두 마리밖에 보유하고 있지 않은 희대의 독충(毒蟲)이었다.

그렇다면 화정단심환을 먹였대도 살리기 어렵다. 오채오공 정도 되는 독물의 독을 밀어내려면 막대한 내공이 필요하다. 강호에서 손꼽는 일류 고수나 되어야 진자강을 도울 수 있을 것이다.

현재 손위학의 내공 수준으로는 불가능했다.

손위학은 망연자실하여 등줄기에서 힘이 쭉 빠졌다.

하필이면 오채오공이라니.

그냥 독지네였다면, 그랬다면 어떻게든 살릴 수 있었을 터인데…….

"자, 알았으면 이제 그만 밖으로 나오시게."

망료가 재촉했다.

이제 손위학이 할 수 있는 건 그냥 진자강을 안고 방 밖으로 터덜터덜 나가는 일뿐이었다.

마당에는 망료와 지독문의 문도(門徒)들이 포위하듯 서 있었다. 손위학이 마루에 서서 둘러보니 마을 곳곳에 시꺼먼 피를 내뿜으며 죽어 간 백화절곡 식솔들의 시체가 보였다.

지독문의 문도들이 살아남은 백화절곡의 이들을 집 안에서 끌어내고 있었는데 그 수는 채 십여 명도 되지 않았다.

손위학은 절망을 느꼈다.

'오늘이 백화절곡의 삼백 년 역사가 끝나는 날이구나!'

최근에 강호가 어수선하다는 소리를 들었지만 그것이 깊은 산중에 자리한 백화절곡에까지 영향을 끼칠 줄은 생각도 못 했던 일이었다.

심지어 백화절곡의 입구에 펼쳐졌던 방어절진(防禦絕陣)을 지독문이 어떻게 소리도 없이 뚫고 들어왔는지조차 의문일 따름이었다.

백화절곡의 삼백 년 역사상 한 번도 외부의 침입을 허락하지 않았던 방어절진이…….

품에 안은 진자강의 체온이 점점 차가워지고 있었다.

손위학은 진자강의 퉁퉁 부은 얼굴을 보며 안타까움의 눈물을 떨궜다.

손자가 죽어 가는 걸 보면서도 살릴 수 없는 참담한 심정이란 이루 말할 수 없는 것이었다.

"미안하다, 자강아……."

사실상 이제 반항은 거의 포기한 상태였다.

그런데 갑자기 진자강이 손위학의 말을 알아들은 듯 시커멓게 변색되어 부푼 얼굴로 힘겹게 도리질을 치는 게 아닌가!

"ㅇㅇㅇ……."

놀란 손위학이 낮은 소리로 진자강의 귀에 대고 물었다.

"자강아…… 내 말이 들리느냐?"

진자강이 미미하게 고개를 끄덕였다.

순간, 손위학은 벼락에 맞은 듯 정신이 번쩍 들었다.

'아직도 살아 있어?'

그냥 독지네도 아니고 오채오공에 물렸다. 심지어 물린 지도 한참 되었다. 이미 죽고도 남을 시간이었다.

그런데도 진자강은 여전히 살아 있었던 것이다.

혹시나 화정단심환이 생각 이상의 효과를 낸 때문일까?

어쨌거나 아직까지 자신의 말을 알아들을 정도로 정신이 남아 있다면 살아남을 가능성이 있을지 모른다.

손위학은 가슴이 울컥했다.

'오채오공에 물린 자강이도 포기하지 않는데 어른인 내가 먼저 포기하다니…….'

자신에게 남은 유일한 피붙이.

이 아이는 살려야 한다.

손위학은 이를 꾹 깨물고 천천히 마당으로 내려섰다.

그러나 속마음은 숨기고 겉으로는 체념한 듯 무기력한 표정을 지었다.

모든 것을 포기한 듯한 손위학을 보며 망료가 비열한 미소를 지었다.

"잘 생각했네. 자네가 있어야 남은 식구들이라도 챙기지 않겠나."

망료가 지독문의 제자들을 지휘하기 위해 고개를 돌렸다.

순간 손위학은 온 힘을 다해 공력을 끌어 올렸다. 망료가 방심한 틈이 유일한 기회였다.

손위학은 마당을 밟자마자 뛰어올랐다. 진자강을 안은 채, 망료를 거푸 걷어찼다.

단순히 망료를 물러나게 하고 달아날 생각이었다. 하지만 망료는 뒤로 물러나지 않고 오른손으로 손위학의 정강이를 쳐 냈다.

타타탁!

망료의 손에 실린 공력에 오히려 손위학의 정강이가 부러질 듯 아파 왔다.

손위학의 공격이 순식간에 무위로 돌아갔다.

망료는 왼손에 들고 있던 문짝으로 손위학을 후려쳤다.

와지끈!

손위학의 머리와 어깨, 등을 가격한 문짝이 박살 났고, 손위학이 추락했다.

망료가 발을 치켜들었다.

손위학은 아찔한 가운데에서도 진자강을 보호하려 감싸 안았다.

쿵.

망료가 손위학의 머리 옆을 밟았는데 땅이 움푹 패었다.

손위학은 간담이 서늘해졌다. 망료의 무위가 생각 이상이었다.

"이 친구, 말로 하니 내가 우습게 보이는가 보구먼. 꼭 사람을 잔인하게 만들어야 직성이 풀리겠나?"

그때 진자강이 손위학의 품에서 벗어나 엉금엉금 기더니 망료의 발을 붙들었다.

마치 살려 달라고 구걸하는 듯했다.

"허허, 이 녀석 좀 보게. 곧 죽을 놈이 끝까지 살려고 버둥거리누. 삶에 대한 애착이 제 할아비보다 커."

망료의 얼굴에는 비웃음이 역력했다.

그런데 웃고 있던 망료의 얼굴이 돌연 어두워졌다.

"윽!"

망료가 급히 발을 털어 진자강을 떼어 냈다.

망료의 얼굴이 순식간에 거무죽죽해졌다. 망료의 왼쪽 발등에는 시커먼 벌레 조각이 박혀 있었다.

일반 지네보다 더 커다란 지네의 몸통이다.

다름 아닌 오채오공의 꼬리 부분이었다.

원래 오채오공은 머리와 꼬리에 독이 몰려 있으므로 망료는 기겁했다.

왜 오채오공이 조각난 채로 자신의 발등에 꽂혀 있는가!

"이놈이!"

망료는 놀랍기도 하고 화도 나 진자강의 머리에 일장(一掌)을 날렸다. 망료는 손에 녹피(鹿皮) 장갑을 끼고 있었는데, 손바닥에 우툴두툴한 가시가 박혀 있었다.

독장(毒掌)이다. 내공을 밀어 넣으면 독이 흘러나온다.

손위학이 대경하여 진자강을 안고 굴렀다.

망료의 손바닥이 바닥에 찍혔다. 하나 한 번은 피했을지언정 다음 공격까진 피할 수 없었다.

퍽!

손위학의 등에 망료의 두 번째 독장이 적중됐다. 손위학은 몸 안을 파고드는 장력의 충격으로 몸을 떨었다. 촘촘히 박힌 바늘이 어깻죽지에 찍혀 찌릿한 독까지 파고들었다.

장력으로 내상을 입히고 이차적으로 독장에 스민 독으로 더욱 피해를 입히는 수법이다.

만약 망료가 계속 공격을 해 왔다면 손위학은 그대로 절명했을 터였다.

그러나 망료도 그만한 여유가 없었다. 아무리 독문의 일원이라도 모든 독에 면역이 있는 건 아니었다. 하물며 독지네 중 최고라는 오채오공의 독이 파고든 것이다.

망료는 더 이상 공격을 하지 않고 비단신을 벗었다. 벌써 발목까지 푸르뎅뎅해져서는 발등에 진물이 흐르고 있었다.

망료는 허겁지겁 무릎의 혈도를 눌러 독기의 침투를 멈추고 해독제를 꺼내 닥치는 대로 입에 처넣었다. 오채오공의 독이 너무 독한 데다가 순식간에 퍼져서 내공으로 밀어낼 겨를이 없었다.

그 틈에 손위학은 진자강을 안고 힘겹게 몸을 일으켰다.

그러곤 온 힘을 다해 망료의 가슴팍을 힘껏 밀어 찼다. 독에 정신이 팔려 있던 망료는 무방비로 얻어맞고 허공을 크게 날았다.

"크악!"

"장로님!"

뜻밖의 상황에 어리둥절하고 있던 지독문의 문도들이 망료를 받느라 포위에 허점이 생겼다. 손위학은 돌아보지도 않고 망료를 찬 방향과 반대쪽으로 달아났다.

"크허억!"

망료는 발등에서부터 퍼져 오는 고통으로 바닥을 굴렀다. 지독문의 문도들이 해독 작용을 하는 흰 가루를 망료의 발등에 뿌려 보았지만 아무런 소용이 없었다.

하의를 찢어 보았더니 이미 무릎까지 독기가 차올랐다.

망료가 핏발 선 눈으로 소리를 질렀다.

"칼! 카알!"

지독문의 문도 하나가 칼날이 큰 박도(朴刀)를 들고 섰다. 잠시 망설이는 얼굴이었다.

"멍청한 놈! 빨리 해!"

그제야 손에 힘을 준 문도가 양손으로 박도를 쥐고 크게 내려쳤다. 무공이 높지 않았는지 다리가 대번에 잘리지 않고 칼이 박히기만 했다.

망료의 눈이 튀어나올 것처럼 커졌다.

그래도 죽는 것보다는 낫다.

망료는 이를 악물고 참았다.

지독문의 제자는 몇 번이나 박도를 내려쳐서 결국 망료의 무릎 위에서 다리를 끊어 냈다.

"크어헉!"

그 어마어마한 고통을 참느라 망료의 눈은 실핏줄이 터져 새빨개져 있었다.

망료는 자신의 무릎을 자른 문도를 노려보았다.

그러더니, 문도의 칼을 빼앗아 그의 한쪽 손목을 날려 버렸다.

"이까짓 것도 제대로 못 해서!"

"끄아아악!"

엉겁결에 손이 날아간 문도가 잘린 손목을 붙들고 나뒹굴었다.

망료는 다른 문도들을 향해 찢어지는 소리로 악을 썼다.

"뭣들하고 있어! 놈들을 잡아! 잡아 죽여!"

하지만 뒤늦게 문도들이 움직였을 때, 손위학은 백화절곡의 만발한 꽃 사이로 숨어들어 벌써 종적을 감춘 뒤였다.

* * *

백화절곡의 지리를 잘 아는 손위학은 이리저리 숨으며 지독문의 추적을 피해 다녔다.

험난한 계곡엔 온갖 초목들이 가득해서 백화절곡의 사람이 아니면 알 수 없는 은신처들이 여럿 있었다.

손위학은 그중 한 곳에 자리를 잡았다.

진자강의 몸 상태는 매우 좋지 않았다. 오채오공의 독이 워낙 극독인 데다 제대로 된 처치를 받지 못해서 진자강의 전신 기혈(氣穴)은 점점 굳어 갔다.

기혈은 기가 흐르는 통로인데, 통로가 굳어서 막혀 가니 기가 올바로 순환할 수 없었다.

이제 진자강은 숨조차 제대로 쉬지 못하고 죽어 가는 상황이었다.

진자강이 죽어 가는 걸 그대로 볼 수 없었던 손위학은 약초들을 채취해 와서 씹어 먹이고 몸에 붙이고, 시시때때로 자신의 내공을 소모해 가며 추궁과혈까지 시켜 주었다.

그러던 중에 갑자기 진자강이 칵칵대며 딱딱한 부스러기를 토해 냈다.

손가락 한 마디 반 정도 크기의 그것은 영롱한 빛깔을 머금은 오채오공의 머리 껍질 일부였다.

손위학은 그제야 진자강이 오채오공의 머리를 씹어 먹었음을 알았다.

'맹독을 가진 독물의 독주머니나 영단을 먹으면 그 독물의 독을 이겨 낼 수 있게 된다더니…….'

놀랍게도 그 이후로 진자강의 상세는 더 이상 악화되지 않았다.

안타깝게도 이미 굳은 기혈은 다시 돌아오지 않았지만, 손위학은 욕심부리지 않기로 했다. 진자강이 살아난 것만으로도 하늘에 감사할 일이었다.

한데 정작 문제는 손위학 본인이었다.

진자강을 돌보느라 자신의 상처는 돌보지 못했다. 등의 상처는 계속 심해지고, 호흡이 곤란했으며 때때로 현기증이 찾아왔다.

손위학은 겨우 정신을 차려서는 밖에서 따온 적양배추 잎을 짓이겨 찢은 천에 대고 묶었다.

그리고 그것을 독장을 맞은 등 쪽에 대었다. 화끈거리던 등이 조금 가라앉았다.

잠시 뒤에 천을 떼니 피고름이 묻어났으나 적양배추의 자줏빛 색깔은 변하지 않았다.

적양배추 잎은 산(酸)을 중화시키면서 색이 붉게 변하는 성질이 있었다. 색이 변하지 않았다는 건 산에 의한 상처는 아니라는 뜻이다.

'독장을 맞고 살이 짓무르기에 산인 줄 알았는데, 뱀독이었구나!'

손위학이 뭔가 잘못되었다는 걸 깨달았을 때에는 이미 전신에 독이 다 퍼질 대로 퍼진 뒤였다.

'악랄한 자 같으니.'

손위학은 이를 악물고 다섯 개의 잎을 가진 율초(葎草)와 발그스름한 자인채(刺儿菜) 한 줌, 그리고 황토(黃土) 한 줌을 함께 짓찧어 등에다 붙였다.

"크윽."

잠시 증세가 완화되었지만 일시적일 따름이었다.

뱀독이 이미 심장까지 스며들어 사실상 되돌리기 어려운 상태였다.

얄팍한 내공으로 겨우겨우 버티고는 있었으나, 그것도 시원치 않았다.

망료가 사용한 독은 처음부터 살상을 목적으로 한 극독이고, 손위학의 내공은 이류를 겨우 걸치는 수준이었다. 제대로 된 처치 없이 내공으로 이겨 내기란 어려운 일일 수밖에 없었다.

애초에 백화절곡의 무공 자체가 여타 무림 문파에 비해 많이 부족한 탓이기도 하다.

때문에 점점 나아지는 진자강과 달리 손위학은 나날이 수척해져 갔다.

'내가 죽고 나면 앞으로가 걱정이구나.'

손위학은 자고 있는 진자강의 머리를 따뜻한 손길로 쓰다듬었다.

자신의 생명이 얼마 남지 않았다는 걸 본능적으로 깨달았다.

자신이 죽고 나면 진자강은 어쩐단 말인가.

하지만 의외로 진자강이 자신의 생각보다 잘 해낼지도 모른다는 생각이 들었다.

무려 오채오공과 생사의 혈투를 벌여 살아난 아이니까 말이다.

* * *

어느 날 진자강이 깨어났을 때, 동굴 안은 매우 적막해져 있었다.

진자강은 여전히 피부가 시커멓게 얼룩지고 입술에서 진물이 났다. 이젠 고비를 넘겨 더 이상 걱정할 일은 없었다.

뻣뻣해진 팔다리를 힘겹게 움직여 일어났다. 차가운 동굴 안이 더욱 춥게 느껴졌다.

진자강은 손위학을 찾아 고개를 두리번거렸다.

일어나면 늘 자신의 굳은 팔다리를 주물러 주던 손위학은 평소와 달리 동굴 한쪽에 정좌를 한 채 고개를 떨어뜨리고 있었다.

진자강은 자신의 숨소리 외에 다른 숨소리가 들려오지 않는 것을 깨닫고, 손위학이 영면(永眠)에 들었음을 알았다.

퉁퉁 부운 눈에서 눈물이 흘렀다.

진자강은 기다시피 하여 손위학에게 다가갔다. 늘 따뜻하던 손위학은 차갑게 굳어 있었다.

"하, 할아버지."

진자강은 손위학의 무릎 위에 엎드려 펑펑 울었다.

"으어어엉! 허엉, 할아버지—!"

짐작은 했다.

며칠 전부터 손위학은 이미 죽음의 냄새를 풍겼었다.

하루 종일 쉬지 않고 진자강에게 말을 건 것이 그 증거였다.

약에 대한 얘기, 약초에 대한 얘기, 백화절곡에 대한 얘기…….

손위학은 살아 있는 동안 진자강에게 최대한 많은 얘기를 해 주려 노력했었던 것이다.

진자강은 손위학이 했던 얘기들을 되새기며 한없이 울었다.

그렇게 울고 나니 점점 정신이 돌아왔다.

이제 진자강은 고아가 되었다.

아빠는 진자강이 어렸을 때 죽었고, 이번에 엄마와 외할아버지도 죽었다. 진자강이 아는 인맥의 전부였던 백화절곡의 사람들도 대부분 죽었다.

앞으로는 스스로 살아가야 한다.

손위학은 진자강에게 심산유곡에 숨어 살아가라는 말을 했었다. 복수는 힘이 있을 때 하는 것이니, 때를 기다리라고.

그러나 진자강은 자신의 몸으로는 그때가 오지 않을 것임을 알고 있었다.

또한 손위학이 망료에게 했던 말을 똑똑히 기억하고 있었다.

그저 먹고 사는 게 전부인 삶이라면 그 삶이 짐승

과 다를 바가 무엇이겠느냐!

손위학의 그 한마디가 고통 때문에 정신이 없던 진자강의 뇌리에 깊이 박혀 있었다.

몸이 불편할지언정 진자강 혼자라면, 제 한 몸 건사하는 건 그리 어려운 일은 아닐 것이다. 설마하니 이 넓은 강호에 몸을 숨길 곳 한 군데 없진 않을 테니까.

그러나 지독문의 만행을 가만히 보아 넘길 수는 없었다.

억울하게 죽어 간 백화절곡의 식구들을 보아서라도.

엄마와 외할아버지를 위해서라도.

진자강은 부어서 곱은 퉁퉁한 주먹을 꾹 쥐었다.

'용서 못 해. 용서하지 않을 거야!'

진자강은 무림총연맹에 희망을 걸기로 했다.

손위학이 말해 준 바에 따르면, 무림총연맹은 정파 협객들이 모인 단체로 강호의 크고 작은 시시비비(是是非非)를 공명정대하게 중재해 준다고 했다.

'무림총연맹에 우리 백화절곡의 억울한 일을 전해야 해.'

그것만이 지금 진자강이 할 수 있는 유일한 방법이었다.

* * *

진자강은 손위학이 일전에 잡아 놨던 노루의 생고기와 미리 따다 놓은 나무 열매를 먹으며 한동안을 더 동굴에서 지냈다. 그나마 작은 칼이 있어서 노루의 배를 갈라 피와 내장을 파먹으며 살 수 있었다.

손위학의 시체는 부패되어 심한 냄새를 풍기기 시작했다.

진자강은 그것도 참아 냈다. 다만 장례를 치를 수 없어 나뭇잎으로 덮어 둔 게 다였다.

걸을 수 있을 때까지는 어떻게든 버텨야 했다.

일주일이 지나 절뚝대면서나마 겨우 걸을 수 있게 되자, 그때부터야 진자강은 본격적으로 떠날 준비를 했다.

진자강이 생각해 둔 목적지는 운남 성도의 무림총연맹 지부.

어차피 몸도 성치 않은 열 살 아이의 몸으로 강서성의 무림총연맹 본맹까지 가는 건 무리였다.

백화절곡에서부터 운남 성도까지는 길어야 한 달이니, 차라리 그곳을 목적으로 한 것이다.

진자강은 얼마 남지 않은 열매를 챙기고 손위학의 시체를 보며 다짐했다.

"할아버지, 제가 꼭 복수를 할게요."

두렵지 않다면 거짓말일 테지만, 그보다는 복수의 마음이 더 컸다.

진자강은 손위학의 시체에 절을 했다.

그러고는 동굴을 떠났다.

동굴 입구를 가려 둔 나뭇가지와 풀을 헤치고 몸을 내밀자, 하얀 달빛이 쏟아졌다.

진자강은 달이 구름에 가려질 때까지 기다렸다가 야음을 타고 조심조심 계곡을 내려갔다.

벌써 보름 가까이 숨어 있었으니 지키는 이가 없을 거라 생각했는데, 그게 아니었다.

지독문의 문도들이 아직도 길목 곳곳을 지키고 있었다.

멀쩡하지도 않은 몸으로 포위망을 피해 내려가는 건 불가능해 보였다.

진자강은 인근의 다른 은신처로 삼을 만한 곳을 찾아 이동했다.

커다란 바위와 가시덤불로 가려진 작은 동굴인데, 진자강이 어렸을 때 자주 가서 놀던 곳이었다.

그런데 이게 웬일인가.

동굴을 가리고 있던 가시덤불이 모두 베어져 있고 누군가 동굴을 샅샅이 훑은 흔적이 남아 있는 게 아닌가!

덤불의 잘린 면에 진액이 맺혀 있는 것으로 보아 채 하루도 지나지 않은 듯했다.

단순히 골목만 지키고 있는 게 아니라 수색도 하는 모양이었다.

진자강은 마음이 조급해져서 또 다른 숨을 만한 곳으로 향했다. 냇가 옆에 높이 자란 억새풀들이 가리고 있는 구덩이였다.

하나 그곳도 마찬가지였다.

억새풀이 전부 부러지거나 잘려 있고 구덩이도 파헤쳐져 있었다.

진자강은 자신이 생각보다 더 위험한 상황에 처해 있다는 걸 깨달았다.

누군지 몰라도 백화절곡의 지형 구석구석을 샅샅이 알고 있는 자가 있었다.

'어떻게 하지?'

진자강은 혼란스러웠다. 이런 경우 어떻게 하라고 누구도 가르쳐 준 적이 없었다.

결국 진자강은 갈등하다가 원래의 은신처인 동굴로 돌아왔다. 그곳은 아직 수색의 발길이 닿지 않았다.

그러나 시체 썩는 냄새가 너무 심하게 풍겼다. 입구 밖에다가 나뭇가지와 풀로 얼추 막아 놓았지만 그래도 냄새가 났다.

아마 수색자들이 근처만 지나가도 냄새 때문에 바로 들킬 터였다.

진자강은 한참을 더 생각했다. 그러다가 입을 꾹 깨물고 다시 동굴로 기어들어 갔다.

* * *

비가 오려는지 흐린 아침이었다.

이른 아침부터 지독문의 문도들은 둘씩 짝지어 사방을 뒤지고 있었다.

"대체 언제까지 이 짓을 해야 하는 거야? 벌써 보름은 족히 지난 것 같은데."

"대장로님의 다리 한 짝이 날아갔는데, 쉽게 포기하시겠나. 그냥 닥치고 그만두랄 때까지 찾는 수밖에."

한참을 수색하다가 갑자기 한 명이 인상을 썼다.

"으, 냄새가 지독한데."

"뭐지, 이 냄새?"

문도들은 허리춤의 약주머니에서 납작한 단약을 꺼내 혀 밑에 넣었다.

어성초(魚腥草)를 배합해 만든 단약이다. 어성초는 자체에서 생선 썩는 비린내가 나서 사용하기 곤란한 약재지만 가벼운 해독제로 쓸 수 있다. 입에 물고 있으면 공기로 퍼지는 중독을 어느 정도 방비해 준다.

문도들은 이어 면포를 꺼내 입과 코를 가렸다.

"조심해."

"음."

문도들은 냄새가 나는 쪽을 향해 주의 깊게 다가갔다. 어딘가 어색해 보이는 나뭇가지들을 치우니 동굴이 나타났다. 지독한 냄새는 그곳에서 퍼져 나오고 있었다.

문도 둘은 서로 눈빛을 주고받은 후에 뒤로 물러나서 면포 아래로 손을 넣어 휘파람을 불었다.

삐이익!

*　　*　　*

지독문의 문도들이 동굴 밖을 빼곡히 감싼 가운데, 망료가 나타났다.

망료는 잘려 나간 다리 한쪽 대신 단단한 박달나무를 지팡이 삼아 걷고 있었다.

뚜걱, 뚜걱.

절뚝대는 비대칭적인 소음을 내며 망료가 거칠게 동굴로

들어섰다.

망료는 희번덕거리는 눈으로 동굴 안을 살폈다.

동굴 안은 작았다. 숨을 곳이라고는 없어 보였다.

잠자리로 사용된 듯한 풀더미와 썩은 나무 열매 몇 개, 마찬가지로 썩은 노루 사체가 있을 따름이었다.

망료의 눈길이 노루에 닿고 잠시 멈추었다. 노루의 뱃가죽이 불룩했다.

"킬킬."

망료는 다가가서 노루의 뱃가죽을 박달나무 지팡이로 후려쳤다.

콰직!

뼈가 으스러지는 소리가 났다. 그래도 별다른 반응이 없자 망료는 지팡이를 노루의 갈라진 뱃가죽 틈에 넣어 들췄다.

노루의 배 안에서 웅크리고 있는 손위학의 시체가 보였다. 가뜩이나 좋지 않은 모습으로 부패되어 끔찍한 모습이었는데, 방금 머리를 맞아서 머리까지 터져 있었다.

망료는 몇 번이나 손위학의 시체를 확인했다. 이미 죽은 지 사나흘은 된 것 같았다.

망료는 이를 드러내며 웃었다.

"그럼, 그렇지. 네놈이 내 사망독장(死亡毒掌)을 맞았으니 멀리 도망가지 못했을 줄 알았다. 여기 숨어 있다가 독으로 죽었구나!"

망료는 눈에서 살기를 띠더니 별안간 박달나무 지팡이로 손위학의 몸뚱이를 후려쳤다.

뻑!

이미 부패한 손위학의 몸이 뭉개지기 시작했다.

"이놈! 이놈! 이놈!"

망료는 분이 풀리지 않았는지 몇 번이나 손위학의 시체를 후려쳐서 걸레짝으로 만들어 놓았다.

콰직! 콰직!

그러고도 아직 성에 덜 찬 듯, 소리를 질렀다.

"그 애송이 놈은 어디 있느냐!"

동굴 밖에 있던 문도가 대답했다.

"저희가 동굴로 왔을 땐 보이지 않았습니다."

망료는 다시 한 번 동굴을 살폈다. 더 이상 숨어 있을 만한 곳은 보이지 않았다.

"으으으...... 놈이 어디로 도망갔지?"

다리를 잃은 원한에 망료는 치를 떨었다.

망료가 문도들을 향해 호통쳤다.

"놈도 중독되었다. 아직 멀리 못 갔거나 근방에서 죽어 있을 것이다! 시체라도 찾아내!"

"예!"

망료와 문도들이 동굴을 나섰고, 동굴은 금세 적막에 휩싸였다.

*　*　*

사흘이 더 지났다.

아무도 없던 동굴 입구에서 지독문의 문도가 나타나 동굴 안을 유심히 살폈다. 한참이나 말없이 살핀 후에 아무것도 변한 게 없다는 걸 확인했다.

"망 장로님이 수상하다고 하셨지만, 역시나 인기척은 흔적도 없군."

지독문의 문도가 코를 틀어막았다.

"시독(屍毒) 때문에라도 여기는 다시 못 오겠어."

지독문의 문도가 떠났다.

그리고 이틀이 더 지난 후.

동굴은 썩은 내로 가득 차서 더 이상 사람이 들락거릴 수 없을 지경이 되었다. 썩은 사체들은 유독한 냄새를 풍겨서 일반 사람은 숨이 막혀 들여다볼 수도 없는 지경이었다. 벌레들조차도 더 이상 동굴에 들락대지 않았다.

그런데 근 닷새간 아무 일도 일어나지 않았던 동굴에서

움직임이 생겼다.

꿈틀.

노루의 사체가 들썩대며 움직였다.

그리고 그 밑에서 진자강이 기어 나왔다. 얼굴이 한껏 야윈 채였으나 아직 살아 있는 진자강이었다.

"으으……."

낮은 신음을 낸 진자강은 힘겹게 노루를 밀쳐 내었다. 박살이 난 손위학의 시체가 매만져졌다.

손위학은 다 썩어서 형체를 알아보기도 어려웠다. 그 모습을 보자 진자강은 가슴이 아팠다.

살기 위해서 외할아버지의 시체를 이용한 것도 미안했고, 제대로 시체를 수습하지 못한 것도 죄송했다.

원래 진자강은 노루 뱃속에 숨어 있으려 했다. 그러나 문득 자기가 추적자라면 노루 뱃속을 뒤집어 보지 않을 리가 없다는 생각이 들었다.

그래서 생각을 바꾸었다. 손위학의 시체를 뱃속에 넣고, 자신은 노루의 밑에 숨어 있기로.

하여 노루를 최대한 울퉁불퉁 골이 진 바닥으로 끌고 와서 그 밑바닥의 골에 몸을 숨기고 있었던 것이다.

손위학의 시체를 끌어내고 자세히 보았다면 어딘가 불룩한 것을 확인했을 테지만, 망료는 그러지 않았다. 자기 성을 못 이기고 시체를 뭉갠 까닭에 그 밑까지는 확인하지 않았던 것이다.

어찌 보면 거의 행운처럼 살아난 거나 다름이 없었지만, 이것도 진자강이 포기하지 않고 끝까지 살아남으려 궁리한 덕이라 할 수 있었다.

진자강은 바싹 말라 나오지도 않는 마른 눈물을 삼켰다.

손위학의 시체 모습을 눈에 담고 또 담았다.

이 원한을 절대로 잊을 수 없을 것이었다.

온통 썩은 내에 피범벅이 되어 있고 한껏 야위어 있었으나 진자강은 열 살 어린애답지 않은 표독한 표정으로 한참을 그렇게 서 있었다.

*　　*　　*

진자강이 동굴을 나온 것은 그 후로부터도 보름이 더 지난 후였다.

동굴이 워낙 안 좋은 독기로 가득해서 지독문은 더 이상 그곳을 찾아오지도 않았다. 살아 있는 사람은 절대로 그 안에서 생존할 수 없다고 생각했던 것이다.

그러나 진자강은 썩은 노루의 살점을 뜯으면서 동굴 안에서 버텼다. 냄새가 독해서 힘들었을 뿐, 의외로 독기를 견디는 것이 생각만큼 어렵지 않았다. 심지어 썩은 노루의 살점을 먹어도 식중독이나 배앓이를 거의 하지 않았다.

진자강도 일부 질병이나 약초에 대해선 어느 정도 지식이 있었기에 그것은 분명 희한한 일이라는 걸 알 수 있었다.

그리고 근 한 달 반의 수색 끝에도 진자강을 찾아내지 못한 지독문은 결국 문도 소수를 남겨 두고 철수했다.

진자강은 한층 허술해진 포위망을 피해 뱅뱅 돌아서 백화절곡을 내려갔다.

마침내 바깥세상이 진자강의 눈앞에 펼쳐졌다.

*　　*　　*

진자강은 남의 집에서 옷을 훔치기도 하고, 음식을 구걸하거나 밭의 작물을 훔쳐 먹기도 했다. 비가 쏟아지는 밤에 나무 밑에서 오들오들 떨면서 지새우기도 했다.

그래도 편했던 건, 뭘 먹어도 탈이 나지 않았다는 점이었다. 정 먹을 게 없으면 썩거나 상한 과일, 생선을 먹어도 어느 정도는 괜찮았다. 그러고 나면 지독한 냄새가 나는 변을 보게 됐지만, 배를 곯지 않을 수 있다는 것만으로도 진자강은 만족했다.

하지만 그나마도 쉽게 구할 수 있는 편은 아니었기 때문에 진자강은 거의 굶어 죽기 직전에야 운남의 성도에 도착할 수 있었다.

백화절곡을 나선 지 한 달 만이었다.

第二章
무림총연맹 운남 지부

무림총연맹 운남 지부는 운남의 여타 집들이 그러하듯 흙벽으로 이층집을 짓고 낮은 층고를 가진 토장방(土掌房)의 형태였다. 그 토장방 여러 개가 모여 군락처럼 만들어진 큰 장원이었다.

당금 천하에서 최고의 위세를 자랑한다는 무림총연맹의 지부답게 정문은 활짝 열려 있었다.

'드디어 왔어!'

마음이 두근거렸다.

저곳만 가면 마침내 백화절곡 식구들의 복수를 할 수 있다!

지금 이 순간 진자강의 눈에는 오로지 지부의 정문만이 보일 뿐이었다.

진자강은 갑자기 솟아나는 눈물을 참지 못하고 울음을 터뜨리며 지부의 정문으로 뛰어 들어갔다.

"살려 주세요!"

진자강의 바싹 갈라진 외침에 문 양측의 도좌방에서 무사들 서너 명이 번개처럼 튀쳐나왔다.

"무슨 일이냐!"

무림총연맹의 무사들을 본 순간 진자강은 긴장이 확 풀렸다.

'됐다. 이제 됐어.'

진자강은 머리가 핑 도는 것을 느끼며 그 자리에서 쓰러지고 말았다.

"지독문이…… 우리…… 사람들을 다 죽였……."

말도 다 잇지 못하고 혼절했다.

"꼬마야!"

하지만 무사들은 진자강에게 선불리 다가서지 못했다.

진자강은 몸 붓기가 다 빠졌고 하도 굶어서 뼈가 앙상했다. 눈 주위는 퀭하고 입술은 다 터져서 피가 맺혔다. 게다가 피부는 얼룩덜룩한 반점으로 뒤덮여 보기가 좋지 않았다. 누가 봐도 전염병 환자 같은 모습이었던 것이다.

* * *

진자강은 기절한 듯 푹 자고 깨어났다.

"일어났느냐."

작은 방, 왜소한 학사풍의 중년 문인(文人)이 방 한편에서 있었다.

진자강이 몸을 움츠리며 주변을 두리번거렸다.

"여기는……."

"여기는 무림총연맹 운남 지부의 별실이고 나는 지부의 탄원감리 서길풍이란 사람이다. 네가 고발할 일이 있다고 해서 깨어날 때까지 기다렸다."

깊은 잠에서 서서히 현실로 돌아온 진자강의 눈에 눈물이 맺혔다.

서길풍은 다가오지 않고 멀찍이서 말했다.

"여기선 널 해칠 사람이 아무도 없으니, 무슨 일이 있었는지 겁먹지 말고 내게 말해 보려무나. 듣자 하니 지독문이 어쩌고…… 했다 하던데?"

드디어 무림총연맹에 온 게 실감이 났다.

이제야 안전하다고 생각한 진자강은 눈물이 왈칵 났다.

"지독문이…… 백화절곡에 쳐들어와서 사람들을 다 죽

였어요. 엄마도 할아버지도, 다른 식구들도요."

"으음."

사태가 심각하다는 것은 진지해진 서길풍의 얼굴만 봐도 알 수 있는 일이었다.

"한 문파가 다른 문파를 공격해 멸문시켰다는 것은 보통 일이 아니다. 증거가 될 만한 걸 자세히 말해 보거라."

진자강은 이리저리 생각해 보다가 대답했다.

"백화절곡으로 가면 사람들의 시체가 있어요. 독지네한테 물려서 다들 죽었어요. 저도 오채오공에게 물렸는데 할아버지가 살려 주셨어요."

오채오공이란 말에 서길풍의 표정이 더 심각해졌다.

"하면 일단은 증인이 너뿐이란 얘기구나. 증거도 없고."

"지독문에 잡혀간 사람들이 있으니까……."

"네 얘기를 듣자 하니 대략 두어 달 이상은 된 것 같은데, 그렇다면 증거를 인멸하기 충분한 시간이다. 백화절곡에도 흔적이 남아 있기 어렵고, 잡혀간 사람들이 아직까지 살아 있는지도 알 수 없는 일이다. 네 말만 믿고 지독문을 탄압할 수는 없는 노릇 아니냐."

진자강은 정신이 아득해졌다.

"하, 하지만……!"

서길풍은 고개를 내저었다.

"아무래도 네 탄원을 들어주기는 어려울 것 같구나. 확실한 증거라도 있다면 모를까."

"제가 오채오공에 직접 물려서 이렇게 되었는데도요?"

"그게 원래 그랬는지 전염병인지 오채오공에 물려 그리 되었는지 어떻게 아느냐. 그리고 오채오공에 물려서 살아났다는 사람은 내 이제껏 본 적이 없느니라. 아니, 오채오공이라는 이름도 수십 년 만에 들은 것이다."

"그래도……."

"네 마음은 알겠으나 무림총연맹은 동네 자경단이 아니란다. 너는 어려서 잘 모를 터이나, 많은 사람들을 움직이는 데에는 그에 상응하는 명분이 있어야 하는 것이다."

"아! 있어요."

"응?"

진자강은 이제껏 가지고 있던 것이 생각났다. 검은 반점으로 얼룩덜룩한 손에 그것을 꼭 쥐고 앞으로 내밀었다.

"저기요. 혹시 이거라면……."

"증거품이냐?"

"예."

서길풍이 다가들자 진자강이 손을 펴서 보여 주었다.

마치 보석처럼 영롱한 빛이 나는 껍질 조각이었다.

"응?"

서길풍의 눈이 호기심을 보였다.

“저를 문 오채오공의 머리 껍질이에요.”

진자강의 말에 서길풍은 자기가 뭘 잘못 들었나 싶은 얼굴을 했다가 기겁을 하며 물러섰다.

서길풍이 품이 넓은 소매로 코와 입을 가리며 소리쳤다.

“그, 그것을 이리 내놓으면 어찌하느냐!”

서길풍은 갑자기 속이 울렁거리는지 헛구역질까지 했다.

“이것이면 증거가 될까요?”

“알았으니까 일단 넣어라. 사람을 보내서 가져오라 할 테니, 당장 넣어!”

서길풍은 뒷걸음질을 치더니 바로 방을 나가 버렸다.

그러고는 한참 뒤에 코와 입을 감싸고 돈피(豚皮) 장갑까지 낀 무사 한 명이 왔다.

무사는 굉장히 긴장한 눈빛으로 진자강에게 오채오공의 머리 껍질을 받아 작은 함에 넣었다.

무사가 말했다.

“이 껍질이 오채오공의 것이라는 게 사실로 확인되면, 곧바로 본맹에 보고가 올라가고 수일 내에 조정관이 파견되어 너의 억울함을 풀어 줄 것이다.”

진자강의 얼굴이 밝아졌다.

“네! 감사합니다, 감사합니다!”

"탄원감리께서 말씀하시길, 조정 절차에는 네 증언이 필요하니까 좀 답답하더라도 너는 안전한 이곳에서 한 발짝도 나가지 말고 머물러야 한다고 하셨다."

"네! 그런 거라면 한 달이든 두 달이든 자신 있어요!"

무사는 더 말없이 방을 나갔다. 혹여 손에 든 함을 떨어뜨리기라도 할까 봐 조심스러운 걸음이었다.

무사가 나가는 것을 보며 진자강은 눈물을 글썽였다. 드디어 복수를 할 수 있게 되었다.

억울함이 풀리고 지독문이 벌을 받으면, 그때에 엄마와 할아버지의 장사를 제대로 치를 수 있을 터이다.

그때까지는 이곳에서 한 달이든 두 달이든 머물라고 해도 진자강은 그렇게 할 수 있을 것 같았다.

*　　*　　*

칠주야(七晝夜)가 지났다.

진자강의 나이에 비해 인내심이 대단한 편이었지만, 아무 일 없이 좁은 방 안에서 칠 일을 보낸다는 건 결코 쉬운 일이 아니었다.

밥도 잘 먹고 푹 잘 수 있어서 좋았지만, 그것도 하루 이틀이다.

진자강은 방문을 빼꼼 열었다. 작은 방 앞에는 중간 크기의 대청과 마당이 있었고, 대청에 들어오는 입구 쪽으로는 무사 한 명이 경비를 서고 있었다.

진자강이 방 밖으로 나가서 무사를 불렀다.

"저기요, 무사님."

멀리서 무사가 진자강을 쳐다보았다.

"왜?"

"혹시 조정관님이 파견되었는지 아시나요?"

"글쎄다. 나 같은 말단은 그런 것까진 모른다."

무사는 귀찮은 듯 손을 저었다.

"바람 좀 쐤으면 빨리 들어가 있거라. 네가 나와 있으면 내가 혼이 난다."

"예."

무림총연맹은 진자강과 백화절곡의 복수를 대신해 줄 귀한 사람들이었다.

진자강은 무사들의 심기를 거슬렀다가 혹시나 불이익을 받을까 두려워서 말 잘 듣는 순한 아이처럼 문을 닫고 다시 좁은 방으로 들어왔다.

이후로도 때때로 나와서 일의 진행을 묻곤 했으나, 달라진 대답은 없었다. 서길풍도 그 이후로는 다시 모습을 보이지 않아서 상황이 더 궁금해지기만 했다.

그런데 열흘이 지나가면서 어느 순간 무사들의 대응이 달라지기 시작했다.

가장 큰 변화는 대청 입구에 있던 무사가 진자강의 방문 밖 바로 앞에 서 있게 된 것이었다. 게다가 밥을 줄 때를 제외하고는 밖에서 방문을 잠가 버렸다.

호위나 경비가 아니라 감시에 가까운 행동이었다. 더구나 무사들은 진자강이 뭐라고 말을 걸어도 거의 대답이나 대꾸를 하지 않았다.

기껏해야 '네 안전을 위해서다.' 라고만 할 뿐이었다. 진자강이 귀찮을 정도로 캐물으면 그냥 안전하게 방에 있으라고 윽박지르기까지 했다.

알고 보니 이전에 경비를 서던 무사들이 아니었다.

이쯤 되면 아무리 철모르는 어린애라 할지라도 이상하다는 생각을 하지 않을 수 없었다.

진자강은 뭔가 잘못되어 가고 있다는 느낌이 들었다.

손위학은 무림총연맹이 정파의 협객들이 잔뜩 모인 곳이라고 했다. 진자강으로서는 복수를 위해 이곳에 찾아올 수밖에 없었다. 이곳을 찾아온 게 잘못된 건 아닐 터였다.

하지만 다시 생각해 보니 손위학은 진자강에게 무림총연맹에 가라고 조언하지는 않았다. 만약 정말로 도움이 된다고 생각했으면 무림총연맹으로 가라고 확실히 말했을 것이다.

'그럼 뭐가 잘못된 거지?'

진자강은 아직 나이가 어려 그 이면의 이유를 알아낼 수가 없었다.

하나 어쨌든 간에 하나는 확실했다.

생각만큼 일이 잘 풀릴 것 같지는 않다는 것.

진자강은 방 안을 이리저리 둘러보았다.

방 안은 단출했다. 침상, 요강 그리고 작은 창문 하나.

왜인지 모르지만 진자강은 본능적으로 피할 구석을 찾고 있었다.

진자강이 창문을 열어 보니 밖에 바로 무사가 있었다. 무사와 눈이 마주치자 진자강은 어색하게 웃고는 문을 닫았다.

진자강은 침상이 놓인 다른 구석으로 갔다. 끙끙대며 침상을 밀고는 벽 구석에 서서 오줌을 누었다.

지부의 건축물들은 토장방이라 진흙으로 세운 집이다. 충분히 젖을 때까지 기다린 후 손톱으로 긁자, 벽에서 흙과 짚이 떨어져 나왔다.

굳이 이럴 필요까지 있나 싶은 생각도 들었지만, 진자강은 어쩐지 가만히 있을 수가 없었다.

*　　*　　*

진자강이 지부에 들어온 지 보름 만이었다.

"조정관님이 오셨다."

드디어!

진자강은 침상에서 거의 뛰어내리다시피 했다.

이윽고 문이 열리고 근엄한 외모를 가진 중년의 남자가 들어섰다.

허리에 큰 칼을 찼는데 미간은 널찍하고 눈썹은 호랑이 같으며, 단단한 턱을 가지고 있는 호남형의 얼굴이었다. 진자강이 늘 생각해 오던 협객(俠客)의 인상 그대로였다.

뒤의 무사가 소개했다.

"본맹의 조정관인 금강천검 백리중 대협이시다."

금강천검 백리중!

강호에서 의기 높은 무인으로 알려진 대협객이었다. 강호에 출두한 이래 수십 년 동안 협행을 하고 다녀 뭇 사람들의 존경을 받았다. 심지어 그의 이름은 강호를 잘 모르는 진자강조차 알고 있을 정도였다.

진자강은 감격하여 포권을 했다.

"백화절곡의 진자강이라고 합니다."

백리중은 고개를 끄덕이더니 진자강의 머리를 쓰다듬었

다.

"고생이 많았다지? 이제 내가 왔으니 걱정 말거라."

다른 사람들은 진자강의 얼굴에 흉터와 얼룩이 많아 가까이 오는 것조차 꺼리는 마당에 직접 만지기까지 하다니!

진자강은 백리중을 만날 때까지 무림총연맹을 의심했던 게 미안해질 지경이었다. 백리중의 말투와 모습은 그야말로 대협의 풍모였다.

백리중은 진자강을 위아래로 한 번 훑어보더니 별다른 질문 없이 말했다.

"지금 공판이 열릴 것이다."

"지금요?"

"그래. 내 무림총연맹을 대신해 한 점의 의혹도 없이 이 사건의 전모를 명명백백히 밝혀, 지독문이 죄를 지었다면 응당 그에 걸맞은 처분을 받도록 할 것이다."

"감사합니다!"

"그러나."

백리중의 눈빛이 다소 엄해졌다.

"만일 네가 죄가 없는 지독문을 무고(誣告)하였다면, 큰 벌을 면치 못할 것이야."

진자강은 두 주먹을 꽉 쥐었다.

"모두 사실이에요. 제 목숨을 걸고 말씀드릴 수 있어요!"

말로만 듣던 협객을 보아서인지 진자강은 평소보다 몸에 힘이 들어가 있었다.

백리중이 다시 진자강의 머리를 쓰다듬었다.

"좋다. 이제 공판 준비를 하고 널 부를 터이니 조금만 더 기다리도록 하여라."

백리중은 무사와 함께 밖으로 나갔다.

그때까지만 해도 진자강은 백리중에게 희망을 걸어도 된다는 생각을 했다. 바로 공판이 열린다는 말에 두근두근거렸다.

그러나 문이 다시 닫히는 순간, 여전히 달라진 건 아무것도 없다는 걸 깨달았다.

철컥!

문이 잠겼다.

왜?

세상과 진자강을 단절시키는 불쾌한 금속성의 자물쇠 소리는 백리중의 호협한 말투나 내용과는 전혀 다른 어색함이 있었다.

진자강은 갑자기 시꺼먼 동굴에 외따로 던져진 듯한 기분이 들었다.

문득 밖에서 뭔가 수군거리는 소리가 들렸다.

진자강은 문에 귀를 댔다.

"결국…… 백리 대협이……."

"왜?"

"들었나? 요즘 백리 대협 소문이 좀……."

"말조심해. 누가 들으면 자넨……."

무사들끼리 한 소리였으나 정확하게는 들리지 않았다.

진자강은 더 이상해졌다.

지독문이 잘못했으니 지독문이 벌을 받으면 끝나는 일인데, 왜 자기가 들으면 안 되는 얘기가 있을까?

진자강은 오싹해져서는 급히 침대 뒤로 갔다. 그동안 오줌이며 차, 물을 적셔서 힘들게 파 놓은 작은 구멍이 있었다. 진자강만 겨우 통과할 수 있을 정도의 구멍이었다.

한 뼘 두께의 벽 구멍을 통과해 기어 나갔다. 진자강은 좌측으로 담을 따라 돌았다. 우측으로 돌면 창문 쪽이라 무사가 지키고 서 있을 건 이미 알고 있었다.

담을 따라 쭉 심어진 적소나무에 벼 이삭처럼 알갱이가 달린 꽃이 피어 있어서 달큰한 향이 났다.

'송화(松花).'

진자강은 송화를 몇 줄기 떼어 맛을 보았다. 텁텁하면서 달달했다.

그때 앞쪽 수화문에서 말소리가 들렸다.

진자강은 얼른 소나무 뒤에 숨었다.

"도대체 무슨 일을 이따위로 하는가!"

질책하는 듯한 백리중의 말이었다.

금강천검 백리중이 자신을 만나고 나서 정원을 지나 밖으로 나온 모양이다.

"죄송합니다. 하지만 그놈이 오채오공에 물리고도 살아 있을 거라고는 꿈에도 생각지 못해서……."

"쯧쯧. 분쟁이 있는 문파는 연맹에서 가입 심사를 받을 때 불이익이 크다고 내 말했거늘."

"죄송합니다."

진자강은 숨을 죽이고 몰래 내다보았다. 백리중은 초로(初老)의 노인과 수화문을 걸어 나오고 있었다.

"어쨌든 꼬마가 지부에 들어와 무사들이며 탄원감리에게 지독문에 대한 얘기를 떠벌린 데다 본맹에까지 정식으로 보고가 올라가서 공판 자체를 무를 순 없네."

"면목이 없습니다."

"탄원감리 서길풍에게는 일단 내가 잘 말해 놓았네. 그쪽의 준비는?"

"허허, 물론 되어 있습지요."

초로의 노인이 공손하게 허리를 숙이며 손으로 앞을 가리켰다. 노인의 손을 따라 시선을 옮긴 진자강은, 하마터면 비명을 지를 뻔했다.

그곳에 있는 젊은 청년이 다름 아닌 백화절곡의 인물이었기 때문이었다.

'곽오 형!'

곽오가 백리중과 노인에게 정중히 인사했다. 그는 손위학이 아끼던 유일 제자였다.

'곽오 형이 살아 있었어?'

반가움은 극히 잠시였다.

지금 상황에서 보인 곽오의 모습은 반가워만 할 수 없는 이질감이 있었다.

백리중의 말이 이어졌다.

"네 역할이 컸다고 들었다. 공판 내용은 서기에 의해 모두 기록되니까, 공판 중에는 말실수하지 않도록."

백리중은 곽오에 대해 크게 신경 쓰는 모습도 아니었다. 누군지 딱히 관심도 없는 듯했다. 단순한 인사치레임이 말투에서조차 느껴졌다.

"예."

곽오의 모습에 진자강은 충격을 받았다.

어느 모로 생각해도 결코 좋은 의미에서 나타난 것으로는 보이지 않았다.

곽오는 올해로 이십 대 중반이었는데, 늘 백화절곡이 강호로 나가 활동해야 한다고 주장하던 급진파였다.

남들 보기에 너무 거칠다 싶을 정도의 언행도 마다하지 않아 사람들에게 손가락질을 받기도 했으나, 그때마다 손위학은 젊은 혈기에 그럴 수 있다며 곽오를 나무라지 않았다.

그러나 지금 이 모습을 손위학이 보았다면 손위학은 저승에서조차 편히 쉬지 못할 것이다.

진자강은 머리가 아득해졌다.

어쩐지 방어절진이 소리도 없이 뚫렸고, 백화절곡 내의 은신처가 너무 쉽게 발각되었다 싶었다.

'곽오 형이 우릴 팔아넘겼어…….'

손에 쥔 송화를 만지작거렸다. 손에 송홧가루가 뽀얗게 묻어났다.

'곽오 형하고 소나무 순도 같이 집어 먹고 송화도 먹으면서 놀았는데…….'

진자강은 그들이 사라진 후에야 움직였다.

구멍으로 돌아오는데, 구멍 옆 벽으로 덩굴이 잔뜩 달려 있는 것이 보였다.

붉은색 능소화(凌霄花)가 탐스럽게 피어 있었다.

진자강은 능소화를 잠시 바라보다가, 몇 송이를 따서 소매에 넣었다.

그리고 구멍으로 돌아온 지, 한 시진 후.

마침내 공판을 알리며 무사가 진자강을 데리러 왔다.

*　　*　　*

엄숙한 분위기가 감도는 대청.

스무 명이 넘는 무사가 경계를 서고 있는 가운데 참관인으로 온 지역 명사들 여럿이 단상에 자리했다.

곧 서길풍이 공판의 진행을 선언하자, 백리중이 여러 사람들의 인사를 받으며 입장했다.

서길풍이 사건의 개요를 설명하고, 참고인으로 지독문의 인사를 참석시켰다. 아까 진자강이 본 그 초로의 노인이었다.

지독문이 백화절곡을 공격했느냐는 질문에 초로의 노인이 답했다.

"그런 사실이 없습니다. 저희가 갔을 땐, 이미 혈사(血事)가 벌어진 뒤였습니다. 저희는 오히려 살아남은 이들을 치료하고 어떻게든 뒷일을 수습하려 했지만 상황이 너무 좋지 않았습니다."

당연히 자신들의 짓이 아니라는 답변이었다.

진자강은 입을 꾹 다물고 있었다. 아까 본 광경 때문에 참담한 심정이 너무 커서 마음이 괴로웠다.

백리중이 물었다.

"하나 백화절곡의 일에 지독문이 개입한 까닭은 무엇인

가? 타 문파의 일에 개입하는 것은 강호의 도의에 어긋나는 일일세."

"당시 백화절곡과 지독문은 타 문파가 아니라 이미 하나의 문파였습니다. 한 식구였지요."

진자강은 그게 무슨 소리인가 싶어 초로의 노인을 쳐다보았다. 초로의 노인이 서류 한 장을 백리중에게 건네며 말했다.

"이것은 본 지독문과 백화절곡의 합병 의결서입니다. 본디 독문과 약문은 한 뿌리에서 나온 문파이므로 연내에 합병하기로 하였다는 의결서입니다. 이것을 증거로 제출합니다."

백리중이 합병 의결서를 읽고 고개를 끄덕였다.

"서류는 이상이 없군. 그렇다면 지독문이 백화절곡의 일에 개입한 이유는 설명이 되었네."

이어 증인으로 등장한 건 곽오였다.

"백화절곡의 생존자입니다."

곽오는 진자강을 보고 다소 긴장한 듯 마른침을 꿀꺽 삼켰다. 그러나 할 말을 했다.

"저희 백화절곡은 원래 합병 문제를 놓고 안에서의 대립이 잦았습니다. 그러다가 그만…… 휴…… 이번 일은 전적으로 저희 내부의 갈등으로 발생한 상잔(相殘)이며 지독문은 아무 관계가 없습니다. 지독문은 같은 식구의 입장에서 오히려 저희를 도우려 애썼습니다.”

곽오가 진자강을 가리키며 말했다.

“저 아이는 진자강이라고 하옵는데, 저와 반대쪽 입장에 있는 분이 데리고 있던 아이입니다.”

진자강은 그냥 멍했다.

이런 상황에서 진자강이 무얼 할 수 있을까.

곽오를 다그친다고 상황이 바뀔까?

열심히 해명한들 결과가 달라질까?

만약 좀 전에 밀담을 주고받는 걸 보지 못했다면 일말의 희망을 가지고 항의를 했을지도 몰랐다.

그러나 이미 결과를 알고 나니 부질없어졌다.

힘도 배경도 없는 열 살 소년은 그저 무기력할 따름이었다.

곧 백화절곡에서 발견되었다는 이런저런 증거물들이 차례로 제출되고, 진자강은 알지도 못하는 이들이 나와서 하나둘 백화절곡의 내부 불화를 증언했다. 진자강이 제출했던 오채오공의 머리 껍질은 일언반구도 언급되지 않았다.

그러더니 어느새 조정관인 백리중이 최종 결론을 내렸다.

“백화절곡을 조사한 바. 다수의 증언처럼 서로 간에 상잔한 증거가 다소 확보되었고, 이에 대한 지독문과 백화절곡 내의 생존자의 증언 또한 일관적이었소이다. 이에 따라 지독문은 결백하며 백화절곡 사건에 대해서 아무 혐의가 없음을 선언하오.”

지독문에서 나온 초로의 노인이 포권한 손을 올리며 크게 기뻐했다.

“백리중 대협의 공명정대한 판결에 지독문은 크게 환영하는 바입니다. 아울러 무림총연맹의 공정한 처사에도 감사 말씀을 드립니다.”

서길풍이 나무판 두 개를 딱딱 부딪쳐 공식적인 공판의 끝을 알렸다. 공판을 기록하던 서기도 문서와 붓을 거두었다. 참관인들도 가볍게 포권하며 자리를 떴다.

끝났다.

명명백백하다던, 정의가 있다던, 무림총연맹의 협객이 주관한 공판이.

진자강이 알리고자 했던 진실은 아무런 의미가 없었다.

그냥 처음부터 끝까지 계획되어 있던 공판이었다.

진자강은 침묵했다.

서길풍이 진자강을 보고 말했다.

“너는 엄한 문파를 무고하여 고초를 겪게 하였으니 그 죄가 작지 않으나, 네 나이와 백화절곡의 안타까운 참사를 고려하여 그냥 돌려보내도록 하겠다.”

진자강이 무림총연맹의 지부에서 내보내진다면 어떻게

될지는 뻔한 일이었다.

서길풍이 손짓을 해 무사들에게 진자강을 내보내도록 했다.

그때 돌연 진자강이 처연한 목소리로 곽오를 불렀다.

"곽오 형."

서길풍이 눈썹을 치켜떴다.

"어서 데리고 나가라!"

그러나 진자강은 그냥 말을 계속했다.

"곽오 형의 사부님이 어떻게 돌아가셨는지 알아?"

"네 이놈! 무슨 헛소리를!"

"내버려 두게."

백리중이 서길풍을 말려, 서길풍이 입을 다물었다. 이미 서기와 참관인들이 모두 밖으로 나간 상황이니 괜찮다고 생각한 모양이었다.

진자강은 서길풍과 백리중을 힐끗 보고 곽오에게 말했다.

"형 사부님이자 내겐 외할아버지야. 그분은…… 날 살리시려다가 등에 독장을 맞고 살이 문드러져서 돌아가셨어."

곽오가 흠칫 어깨를 떨었다.

"그, 그게 뭐! 뭐가 어쨌다고!"

"그냥 그랬다고. 그랬다고 알려 준 거야."

진자강은 곽오의 눈빛이 흔들리는 걸 보았다. 그러나 사태가 바뀌거나 변할 일은 없을 터였다. 곽오는 원래부터 출세와 공명욕이 셌다.

한데 의외로 곽오가 아닌 백리중이 진자강에게 말을 걸었다.

"자강이라고 했느냐."

진자강이 백리중을 보자, 백리중은 언뜻 인자해 보이는 미소까지 지으며 말했다.

"더 할 말이 있다면 해 보거라."

진자강이 떼도 쓰지 않고 아무런 소동도 피우지 않으니, 그것이 되려 백리중의 호기심을 자극한 모양이었다.

사실 나이답지 않게 너무너무 초연한 면이 있는 것이다.

진자강이 갑자기 무릎을 꿇었다. 그러더니 넙죽 절을 했다.

백리중의 입가에 슬쩍 미소가 맺혔다.

"자비를 베풀어 달라는 뜻이냐?"

이 아이도 자기가 나가면 죽는다는 사실을 알고 있는 건가?

백리중이 느낀 바를 지독문에서 온 초로의 노인도 알아챘다.

"백리 대협, 그건 곤란합니다."

살려 두면 골치 아픈 진자강이다. 증인 인멸의 차원에서라도 자기들이 데려가서 손을 써야 했다.

백리중이 인상을 쓰며 손을 내밀었다. 자신이 하는 말에 감히 토를 다느냐는 듯한 질책의 표정이었다.

초로의 노인은 어쩔 수 없이 입을 다물었다.

하지만 진자강의 입에서 나온 말은 다른 이들이 예상한 것과 전혀 다른 얘기였다.

진자강은 백리중을 보며 무덤덤한 어조로 말했다.

"방금 저는요, 가만히 앉아 남들의 도움을 바라는 일이 얼마나 어리석은 일인지 깨달았어요."

"음?"

"깨달음을 주셔서 감사합니다. 꼭 감사 인사를 드리러 찾아뵐게요."

진자강은 다시 한 번 절을 했다.

초로의 노인과 서길풍은 당황했고, 백리중은 눈썹을 일그러뜨렸다.

지금 저것은 정말 감사 인사가 아니라 원한을 품고 복수를 다짐하는 말이 아닌가!

도무지 아이의 입에서 나올 말이 아니었다.

백리중이 진자강을 노려보았다. 진자강은 무표정했다. 눈에 아무 감정이 없어, 보고 있는 사람의 기분이 이상할 지경이었다.

그러나 그 안에는 극한의 한(恨)과 분노가 담겨 있었다. 한과 분노가 한계를 넘어서 오히려 감정의 사고가 망가진 것과도 같았다.

진자강의 무표정한 눈 안에 숨은 한을 알아챈 백리중은 미미하게 웃음을 흘렸다.

"그래. 기다리마."

물론 그런 일은 결코 오지 않을 것이다.

진자강은 다시 곽오를 쳐다보았다.

곽오가 애써 배에 힘을 주고 진자강을 내려다보았다.

"뭐, 뭐……."

진자강이 차가울 정도의 담담한 목소리로 말했다.

"우린 꼭 다시 보게 될 거야, 형."

"건방 떨지 마! 지금 네가 내 발을 붙들고 살려 달라고 해도 부족한 판에……."

그러나 진자강은 곽오를 무시하고 고개를 돌려 서길풍을 쳐다보았다.

그것은 마치 '당신도 같이 보게 될 거야' 라는 듯한 말을 하는 눈빛이었다.

서길풍은 오싹해서 소름이 끼쳤지만, 곧 마음을 진정시켰다. 그래 봐야 어린애다. 그것도 전신 기혈이 굳어 버려 보통 사람만큼도 행동하지 못하는.

그런 애가 뭘 할 수 있겠는가.

"데려가라!"

서길풍은 손짓을 해서 무사들이 진자강을 데려가도록 했다.

진자강이 끌려 나가는 동안 대청 안에는 묘한 침묵이 감돌았다.

*　　*　　*

원래 진자강은 곧바로 쫓겨나야 할 몸이었다.

그러나 끌려가면서 무사에게 부탁했다.

"방에서 짐 좀 챙겨도 될까요?"

어차피 진자강의 짐이란 게 별로 있을 리 없었다. 그러나 어차피 밖으로 나가면 무슨 꼴이 될지 뻔한 마당에 그런 부탁도 들어주지 않을 이유가 없었다.

"허튼짓할 생각 마라."

무사는 진자강을 방에 밀어 넣고 밖에서 지켜보았다.

진자강은 주섬주섬 방 안을 다니며 뭔가를 챙기는 듯한 행동을 취하다가 무사에게 다가왔다.

"다 됐냐?"

"네."

"가자."

"잠깐만요, 이것 드릴게요."

진자강이 소매에 손을 넣었다가 꺼냈다. 송화가 놓여 있었다.

무사가 얼굴을 찌푸렸다.

"필요 없다."

"전 필요해요."

"뭐?"

진자강은 왼손에 붉은 꽃을 들었다.

"이건 능소화예요."

진자강은 두 손을 합쳐 손을 비볐다. 송화가 터지며 송홧가루가 날리고 능소화가 부스러지며 꽃가루가 되었다.

"이놈이 지금 뭘……!"

진자강이 갑자기 손바닥을 펴고 무사의 얼굴을 향해 가루들을 불었다.

훅!

송홧가루와 능소화의 꽃가루가 무사의 얼굴로, 정확히는 눈으로 한꺼번에 날렸다.

무사가 급히 몸을 젖혔지만 이미 눈에 꽃가루가 잔뜩 들어간 뒤였다.

"커헉! 이, 이놈이!"

무사가 눈을 비볐다.

하지만 그게 실수였다. 송홧가루는 가려움을 일으키고 능소화의 꽃가루는 염증을 일으킨다. 며칠 지나면 가라앉긴 하나, 당장에는 눈을 비비면 자극이 심해져서 눈이 퉁퉁 붓는다.

무사가 놀라서 눈을 비빈 까닭에 눈두덩이 금세 벌게져서 부었다. 비빌수록 더 아프고 가려웠다.

"으아아!"

무사는 눈물도 나서 눈을 뜨기가 힘들었다. 앞이 제대로 보이지 않는다. 억지로 눈을 뜨며 손발을 마구 휘저어 보았지만 진자강은 벌써 침대 뒤의 구멍으로 달려간 뒤였다.

진자강이 좁은 구멍으로 몸을 밀어 넣었다. 덩치가 큰 어른은 이 구멍을 통과할 수 없으니 진자강을 잡으려면 정원을 빙 돌아서 쫓아와야 할 것이다.

'됐다!'

진자강이 막 상체를 밀어 넣은 찰나였다.

쿵!

갑자기 진자강의 머리 앞에 굵은 박달나무 지팡이가 떨어져 박혔다.

진자강은 놀라서 움직임을 멈추었다가 이내 지팡이를 보고 얼어붙었다.

박달나무 지팡이의 끝에는 바싹 마른 핏자국이 붙어 있었다. 그리고 그 뒤에는 누군가의 다리 한쪽만이 외로이 땅을 딛고 있었다. 다른 다리 하나는 무릎 위에서 잘려지고 없다.

"어딜 가느냐?"

부드러운 목소리와 달리 억센 손이 진자강의 머리카락을 잡고 진자강을 구멍에서 뽑아 올렸다.

"으윽!"

진자강은 발버둥을 쳤지만 소용이 없었다.

망료였다.

"인석아, 어른이 물으면 대답을 해야지."

망료는 흐뭇한 얼굴로 진자강을 보았다. 얼굴은 웃고 있는데 두 눈에 번들번들 살기가 보였다.

"자꾸 도망을 다니는 못된 아이가 있다더니 그게 너로구나?"

"놔, 놔!"

"아니지. 네가 무슨 잘못이더냐. 도망 다니는 다리가 죄지, 저 망할 놈의 멀쩡한 다리가."

"아, 안 돼!"

진자강은 망료의 말투에서 섬뜩함을 느끼고 비명을 질렀지만 아무도 도울 이가 없었다.

망료는 진자강을 바닥에 내팽개치고는 손위학의 시체를

부수었던 것처럼 진자강의 정강이를 후려쳤다.

"이 못된 놈의 다리!"

빡!

단 한 번 타격에 진자강의 여린 왼발 정강이는 그대로 부러졌다.

"으아아아악!"

진자강은 비명을 버티려고 했지만 생으로 뼈가 부러지고 으스러지는 고통은 쉽게 참을 수가 없었다.

"으아아…… 으으으."

순식간에 온몸이 땀으로 흠뻑 젖었다.

진자강은 축 늘어져 팔다리를 덜덜 떨었다.

"못된 다리를 혼냈더니 착한 아이가 되었구나."

망료는 껄껄 웃으면서 진자강을 주워 어깨에 걸쳤다.

그제야 사방에서 무사들이 몰려들기 시작했지만, 그들은 그저 구경만 할 뿐이었다.

뚜걱, 뚜걱.

망료는 절뚝대면서 진자강을 들고 지부를 떠났다.

第三章

무간지옥(無間地獄)

"한 잔 술에 차오른 달이 미녀가 되고, 두 잔 술에 강물의 파랑(波浪)이 정다운 벗이 되는구나."

망료는 흥이 돋았는지 계속해서 흥얼대며 시를 읊어댔다.

"낙양 친구들이 내 안부를 물으면, 한 조각 깨끗한 마음 옥병(玉甁) 속에 있다 전하노라."

진자강은 온몸이 결박된 채로 차가운 돌침대 위에 엎어져 있었다.

밀폐된 넓은 방 안이었다.

방 안에는 온갖 말린 풀들과 버섯, 벌레를 잡아 둔 대나무장들이 잔뜩 걸려 있었고, 수많은 두루마리와 죽간, 서책들이 널브러져 있었다.

"청명한 날에 오락가락 비가 내리니, 길가는 사람의 넋을 끊으려느냐."

되는대로 아는 시를 모조리 읊으면서 흥겹게 뭔가를 찾는 망료의 모습에 진자강은 소름이 다 끼쳤다.

무엇을 하려는지 느낌이 왔기 때문이었다.

오늘 아침, 진자강은 손가락 하나 까딱 못하는 신세로 지독문까지 잡혀 왔다.

마차를 타고 지독문까지 오는 닷새 내내 망료는 진자강이 당혹스러울 정도로 삼시 세끼를 모두 챙겨 먹였다.

"내가 너를 그냥 죽일 거라고 생각했느냐? 아니지, 아니야. 너처럼 귀중한 재료를 어떻게 그냥 내버린단 말이냐? 오채오공에 물리고도 살아난 귀한 몸인데."

망료는 그렇게 웃으면서 강제로 진자강의 입에 고기며 국을 처넣었다. 진자강은 숨이 막혀서 제대로 씹지도 못하고 삼키면서 고역 아닌 고역을 치러야 했다.

그러나 잘 먹였을지언정 부러진 다리는 고쳐 주지 않았다. 어찌나 함부로 마차를 모는지 부러진 뼛조각이 살을 찔렀고, 진자강이 고통에 겨워 신음을 흘릴 때마다 망료는 즐거워했다.

그런 망료가 뭔가를 찾고 있다면 그것은 분명 진자강을 위한 것이 아니라 괴롭힐 무엇임이 틀림없었다.

"자, 시작부터 너무 심하게 하면 아예 못쓰게 될지도 모르니 첫날은 간단히 해야지?"

망료는 마침내 원하는 걸 찾았다. 손에 회백색의 호리병을 들고 진자강에게 다가왔다.

"보니까 네 몸의 기혈은 죄다 막혔더구나. 그런 몸으로 살아 뭐하겠느냐. 내가 아주 오랫동안 쓸모 있게 써 주마."

망료가 호리병을 들이미는데 호리병의 주둥이에서 독지네가 슬그머니 고개를 내밀었다.

"흑오공(黑蜈蚣)이다. 원래 오채오공이라고 백배 천배는 더 귀한 놈이 있었는데, 어떤 찢어 죽여도 시원치 않은 놈이 오채오공을 죽여 없앴지 뭐냐? 그러니 어쩔 수 없지. 아쉬운 대로 요 녀석으로나마 한번 해 보자꾸나."

"으으! 으으!"

진자강은 몸을 뒤틀어 피하고 싶었으나 사지가 돌침대에 결박되어 움직이지 못했다. 머리만 움직일 수 있었는데, 그건 아마도 자신의 몸에 무슨 일이 일어나는지 보라는 뜻인 것 같았다.

독지네가 진자강의 발끝을 타고 오르는 모습이 보였다. 독지네가 지나간 자리에 발자국이 주르륵 남았다. 칼로 잘게 벤 것처럼 붉은 흔적들이 남아서 순식간에 부어오르기 시작했다. 지네 발에도 독이 있기 때문이다.

망료의 눈에서 광기가 치밀었다.

"잠깐? 여긴 부러져서 못 쓰는 다리잖아. 여길 찔리면 어찌 될까? 다리가 안 붙고 덧날까, 아니면 더 빨리 나을까?"

"으으으! 으으으!"

"음? 다리를 영구히 못 쓰게 될까 봐? 걱정 말거라. 내가 다리 하나 없이 살아 봐서 아는데 그리 불편하지는 않단다."

진자강은 필사적으로 도리질을 쳐 보았으나 그것이 독지네를 자극해 오히려 다리를 찌르게 만들었다.

오채오공에 처음 물렸을 때처럼 찌르르한 고통이 찾아왔다.

"으아아아!"

하지만 이번에는 꼼짝없이 반항도 못 하고 당하기만 한 때문일까. 그때처럼 악바리같이 버틸 수 없었다. 머리가 어질어질해지면서 가슴이 답답해지고 정신이 아득해졌다.

*　　*　　*

진자강이 정신을 차렸을 때, 망료는 진자강의 얼룩진 몸을 이리저리 살피고 있었다.

진자강이 다리를 내려다보니 물린 자리에 진물이 좀 나긴 하지만 별다른 부작용은 없어 보였다.

"이것 봐라? 흑오공의 독이 안 퍼지고 그 자리에서 흐지부지 해소되어 버렸네?"

망료는 진자강이 눈을 뜨고 있는 걸 보곤 못마땅한 듯 얼굴을 찌푸렸다.

"에이, 네가 너무 빨리 혼절해 버리는 바람에 아무 결과도 못 얻지 않았느냐."

그것이 진자강의 잘못은 아닐 텐데도 망료는 진자강 탓을 했다.

"아무래도 따로 준비를 좀 해야겠어, 준비를."

망료가 뭔가를 생각하며 서성이는데, 지독문의 무사가 들어와 고했다.

"장로님. 회의에 가실 시간입니다."

"알았다."

망료가 진자강에게 다가와 머리를 쓰다듬었다.

"고생했으니 오늘은 좀 쉬거라. 수고했다."

망료의 다정한 목소리에 진자강은 닭살이 다 돋았다.

그래도 오늘은 끝났으니 쉴 수 있는 건가.

진자강이 안도한 순간.

망료가 나가다 말고 되돌아왔다.

"아니지. 어차피 남는 시간 놀면 뭐하나. 멀쩡한 다리에도 한번 시험해 보자꾸나. 아깐 못 쓰는 다리여서 독이 안 퍼졌는지도 모르니."

망료는 다시 독지네가 든 호리병을 들고 다가왔다.

"으으……."

독지네가 오른발을 타고 올라가며 날카로운 침으로 진자강을 찔렀다.

"으아아아아!"

"껄껄껄!"

진자강의 비명 소리가 울리는 가운데, 망료의 웃음소리가 함께 어우러져 방 안을 뒤흔들었다.

*　*　*

몸이 터지도록 아프다가도, 기절하고 정신이 들면 아픔은 많이 사라졌다.

그때까지의 고통 때문에 전신이 진땀으로 젖고 입술이

바싹 말라도, 그나마 이 정도면 버틸 수 있다고 생각했다. 차라리 이 정도인 것이 다행이라고 생각했다.

언제까지 이런 신세가 되어 살아야 할지 모르지만, 언젠가는 반드시 이곳을 탈출해서 복수를 할 것이다.

진자강은 이를 악물고 각오를 다짐했다.

그러나 망료는 진자강의 각오를 그대로 내버려 두지 않았다.

늦은 밤.

진자강은 설핏 잠이 들었다가 뜬금없는 다리의 통증에 비명을 지르며 깨어났다.

빠직!

"끄아아악!"

망료가 씩씩대며 지팡이를 들고 있었다. 좀 붙기 시작한 다리를 다시 박살 낸 것이다.

다리가 끔찍하게 아팠다.

"아아악! 아아아악!"

진자강의 비명에도 아랑곳않고 망료는 눈에 불을 켜고 지팡이를 들었다.

그러곤 진자강의 몸뚱이에 매질을 했다.

"네놈 때문에 일선에서 밀려나게 생겼어! 이 내가! 지독문의 강호 진출을 위해 불철주야 앞장서서 뛴 내가 너 하나 때문에 다리병신이 돼서!"

망료의 눈에 광기(狂氣)가 비쳤다.

퍽퍽!

팔다리가 결박되어 있으니 막을 수도 없고 저항도 할 수 없었다.

갈비뼈가 부러지고 내장이 상해 피똥을 쌌다.

진자강은 '당신이 우리 백화절곡을 공격했잖아!' 라고 그렇게 항변하고 싶었으나 끔찍한 고통에 목소리조차 나오지 않았다.

"문주가 나더러 그만 현장에서 물러나라더구나. 네 생각에는 그게 말이 되느냐? 말이? 나는 정말로 열심히 일했다. 그런데 네놈 때문에 모든 게 허사가 됐어!"

한껏 화풀이를 하고 완전히 널브러진 진자강을 보며 망료는 그제야 지팡이를 내렸다.

망료가 씩씩대면서 진자강의 머리카락을 붙들고 얼굴을 가까이 댔다.

"네놈…… 절대로 고이 죽이진 않을 것이야. 언제까지고 살려서 평생 이 대가를 치르며 살도록 할 것이야!"

으르렁대는 망료의 살기 어린 눈빛에 진자강은 혼이 거의 나갈 지경이었지만 억지로 기운을 짜냈다.

그리고 망료를 보며 웃었다.

"흐……."

망료의 눈에 불똥이 튀었다.

"크아아!"

망료가 고함을 지르며 지팡이 끝으로 진자강의 머리통을 가격했다.

꽝.

진자강은 모든 시야와 정신이 새까만 암흑으로 뒤덮이는 것을 느끼며 정신을 잃었다.

* * *

진자강이 정신을 차리니 벌써 해가 중천에 들었는지 창문으로 하얀빛이 들어오고 있었다.

"깨었느냐?"

망료가 따뜻한 목소리로 진자강의 몸에 약을 바르며 말했다.

"생각해 보니 어제는 내가 과했지 뭐냐."

진자강은 팔에 소름이 끼쳤다.

얼룩으로 그득한 몸 곳곳에 피멍이 들었는데, 망료는 애처로운 표정으로 거기에 고약을 붙이고 있었다.

"자자, 이것도 마시고."

망료는 진자강에게 탕약까지 먹였다.

그런데 탕약이 입에 흘러드는 순간, 혀가 얼얼한 기분이 들었다. 아니, 기분 탓이 아니라 정말 입 전체가 마비가 되었다. 머리가 어지럽고 토할 것 같이 속이 울렁거리는데 서서히 몸이 굳어 갔다.

진자강이 두려운 눈으로 망료를 보자 망료가 부드럽게 웃었다.

"어혈(瘀血)을 풀어 주는 탕약에다가 정제한 하돈(河豚)의 독을 섞었느니라. 네 몸에 독이 잘 듣지 않으니 섭섭할까 싶어 내 열 사람분의 독을 넣었지."

복어독이다.

진자강은 몸도 못 움직이는데 점점 숨 쉬기까지 어려워져서 고통스러웠다. 숨이 턱까지 차올라서 겨우겨우 연명할 정도로만 숨을 쉴 수 있을 정도였다.

"크, 끅."

입에서 흰 거품이 부글부글 끓었다. 숨쉬기가 더욱 어려워졌다.

"내가 며칠 자리를 비워야 하니, 어디 가지 말고 있어야 한다?"

입이라도 닦아 주면 좋으련만, 망료는 흐뭇한 얼굴로 보다가 떠나 버렸다.

망료가 문을 닫고 나가는 소리가 들렸다.

"끅끅."

진자강은 아무도 없는 방 안에서 혼자 죽어 가는 극도의 공포감을 경험했다.

그것도 매우 오랜 시간.

*　　*　　*

고통에 몸부림치며 잠이 들다 깨기를 여러 날.

어느 날 다시 눈을 떴을 때, 여지없이 망료의 웃는 얼굴이 보였다.

"잘 잤느냐? 며칠 만이구나. 자자, 일어났으면 할 일 해야지?"

진자강은 무기력하게 몸을 떨 수밖에 없었다.

온몸이 한없이 지저(地底)로 가라앉는 것 같았다.

벗어날 수 없는 무간지옥에 빠졌다.

앞이 조금도 보이지 않는 어둡고 깊은 무간지옥에.

*　　*　　*

망료는 진자강에게 온갖 독을 시험했다.

"아직도 살아 있었나?"

깨어난 진자강을 보면 늘 말은 그렇게 했으나 정작 진자강이 죽었으면 아주 서운했을 것 같은 표정의 망료였다.

"배고프지? 자, 밥 먹자꾸나."

망료가 진자강에게 거무튀튀한 죽을 먹였다. 안에 무엇이 들었는지 몰라 진자강은 입을 다물고 버텼다. 그러나 망료는 싱긋 웃으면서 진자강의 턱관절을 뽑아 버리고 강제로 먹였다.

죽이 배에 들어가자마자 복통이 생겼다.

"으어어어!"

망료는 죽을 계속 먹이고 내버려 뒀다가, 진자강이 침을 질질 흘리는 걸 보고 껄껄 웃었다.

"내가 직접 만든 버섯 죽이 그렇게 맛있더냐? 조금 더 줄까?"

진자강은 고개를 저었지만 그것은 망료를 더욱 기분 좋게 만들 뿐이었다.

"어디 보자. 광대버섯 중에 독승산(毒蠅傘)과 인병백아고(鱗炳白鵝膏), 파리버섯…… 그리고 또 뭘 넣었더라? 허허, 나이가 드니 기억력이 약해져서 말이야. 오오, 그래. 미치광이버섯과 다발버섯도 넣었구나."

망료는 만족한 표정으로 남은 독버섯 죽까지 몽땅 먹이곤 턱을 끼워 주었다.

진자강은 이미 환각에 빠져 있어서 정신이 하나도 없었다. 세상이 일그러지고 형형색색의 기괴한 문양들이 가득했다.

진자강은 반나절을 꼬박 환각과 통증 속에서 헤맸으나, 결국 피가 섞인 배설을 하고 살아남았다.

진자강이 깨어났을 때, 망료는 진자강에게 물을 한 양동이 퍼부었다.

"다 큰 놈이 똥오줌도 못 가려서야 되겠느냐?"

대충 몇 번 물을 퍼붓고 눈앞에 들이민 것은 또 한 그릇의 죽이었다.

망료가 흐뭇하게 웃었다.

"안 죽었기에 몇 종류 더 섞었다."

"으으……."

진자강의 공포에 질린 눈을 보며 망료는 미친 듯이 웃었다.

"걱정 말거라. 농담이야! 농담! 먹고 다 싸 버렸기에 네가 배고플까 봐 다시 죽을 쑤어 왔느니라."

거짓말이었다.

진자강은 아까보다 더 독해진 독버섯 죽을 먹고 몇 번을 토하다가 혼절해 버렸다.

* * *

“자, 오늘은 뭘 해 볼까.”

고통스러운 날이 계속되었다.

잠깐도 진자강이 쉴 수 있는 시간은 없었다.

“황석독(黃蜥毒)을 써 봐야겠군. 이놈이 참 많이 아프긴 한데 살상력이 별로 없어서 늘 고민이었거든.”

망료가 도마뱀 한 마리를 들고 왔다. 지독문은 대체로 땅에서 나는 곤충과 동물들의 독을 주로 썼다.

혀를 날름거리던 도마뱀이 진자강의 팔을 물었다.

얼마 지나지 않아 팔이 붓고 뻐근해지면서 감각이 사라졌다. 피가 줄줄 흐르는데 좀체 멎지를 않았다.

식은땀이 나면서 현기증이 찾아왔다. 몸이 바닥으로 푹 눌어붙는 것 같은 기분이 들었다.

곧 팔에서 엄청난 통증이 밀려들어 팔이 통째로 터지는 것 같은 느낌이 들었다.

“끄으윽!”

진자강은 눈이 뒤집히며 혼절해 버렸다.

얼마나 혼절한 상태로 있었는지도 모르게 시간이 흘렀다. 진자강이 정신을 차리자, 기다렸다는 듯이 망료가 진자강의 눈꺼풀을 뒤집으며 상태를 확인했다.

"참 희한한 일이구먼. 독이 전신으로 퍼져야 하는데 물린 부위에서 얌전히 뭉쳐 있다가 사라져 버려. 기혈이 막혀서 독이 움직이지 않는 건 그렇다 치고…… 무엇 때문에 독이 사라지는 것이지?"

망료가 진자강에게 물었다.

"너는 무엇 때문인지 아느냐?"

진자강은 정신이 혼미한 와중에도 이를 악물었다. 알아도 대답하고 싶지 않았다.

망료가 진자강의 뺨을 톡톡 두드렸다.

"괜찮아, 괜찮아. 내가 네게 무얼 기대하겠느냐. 내가 알아내면 되는 것이지."

그 말이 더 소름 끼쳤다.

망료가 녹피 장갑을 낀 손에 황색 도마뱀을 들고 왔다. 그리고 다른 손에는 망태기 같은 것을 들었다.

"중독이 되고 겨우 반나절 만에 중독 증세가 가라앉으면, 애써 중독시킨 효과가 없지 않으냐? 그래서 이번엔 좀 뒤늦게 중독이 오는 놈으로 골라 보았다."

망료는 황색 도마뱀에게 먼저 진자강을 물게 했다. 그리고 망태기를 들어 그 안에서 뱀을 꺼냈다. 암갈색에 둥근 얼룩무늬가 있는 살무사였는데 특이하게도 머리에 흰 고리 모양이 있었다.

"인사하거라. 환복사(環蝮蛇)다. 아마도 이놈을 직접 본 건 처음일 테지만 사실은 알고 보면 구면이니라. 이놈이 네 외할아버지 손위학이 맞은 독장에 쓰인 놈이거든."

진자강은 이미 황석독에 중독되어 고통에 몸부림치면서도 치를 떨었다. 저 환복사의 독 때문에 손위학은 살점이 문드러지는 고통 속에 죽어 갔다.

"환복사의 독은 특이하게도 하루 정도 지난 후에야 발현이 되지. 그래서 대부분 중독되었다는 걸 알게 될 땐 너무 늦는 경우가 많단다. 아마 손위학도 그랬을 거야. 가여운 친구…… 쯧쯧."

진자강은 이를 악물었다. 당장이라도 망료의 혀를 뽑아 버리고 싶었다.

그러나 망료는 말을 계속했다.

"황석독이 가라앉았나 싶을 때 잠복해 있던 환복사의 독이 다시 작용할 게다. 혹시나 네 몸이 그때까지 환복사의 독을 이겨 내고 잠복한 독을 해소시킬 수 있을지 참으로 궁금하구나."

환복사가 진자강의 반대쪽 팔을 물었다.

망료의 말처럼 환복사의 독은 당장엔 거의 느낌이 없는 것 같았다. 그러나 겨우 이각도 채 되지 않아 갑자기 중독 증상이 시작되었다.

아직 황석독이 가라앉지도 않은 때였으므로, 동시에 두 독의 발작이 시작되자 진자강은 죽고 싶을 정도로 고통스러웠다.

"으, 으아아악!"

양팔이 모두 잘려 나간 것 같았다.

그러다가 고통을 못 이긴 진자강이 정신을 잃어 가는데 망료가 중얼거린다.

"어허, 이게 무슨 일이지? 하루가 지나야 증세가 일어날 황석독이 겨우 이각 만에 발작을 일으켜?"

망료는 한 줌의 풀덤불을 가져와 진자강의 뺨과 코를 때렸다. 사향초(麝香草)였다.

정신을 잃어 가던 진자강은 맵고 톡 쏘는 향기에 퍼뜩 정신이 들었다.

"으아아아악!"

진자강이 깨어나자마자 비명을 지르자 망료는 진자강의 코를 쥐었다. 그러고는 진자강의 입에 뜨거운 국물을 흘려 넣었다.

"컥! 컥, 푸픕!"

진자강이 목과 입을 다 데건 말건 망료는 신경 쓰지 않고 국물을 부었다.

"최고의 재료를 아낌없이 퍼부어 만든 특제 총명탕(聰明湯)이다."

진자강은 생각지도 못한 말에 어안이 벙벙했다.

총명탕?

복신(茯神)과 원지(遠志), 석창포(石菖蒲) 등의 약재를 섞어 만든 탕약이다. 주로 건망증을 치료하고 기억력을 높이는 데 쓴다.

그런데 그걸 왜 자신에게 먹였단 말인가?

진자강은 얼마 지나지 않아 정신이 맑아지는 걸 느꼈다. 그래서인지 양팔의 통증이 더 극심하게 느껴졌다.

수천 개의 바늘이 팔 안에서 거꾸로 돋아나는 것 같았다.

"으, 으아아!"

그러나 총명탕 때문에 그 어마어마한 통증 속에서도 팔에서 느껴지는 이상 작용을 모두 자각할 수 있었다.

피부가 부풀어 오르고, 살이 물러서 핏줄이 터지고, 근육의 결이 뒤틀리고, 뼈에 염증이 생겨 골수가 쑤시고.

하나하나가 생생하게 느껴졌다.

정신이 맑아지며 약간의 각성 상태가 된 탓에 이젠 기절하고 싶어도 그럴 수가 없게 되었다. 진자강은 망료가 자신에게 총명탕을 먹인 이유를 알 것 같았다.

"값비싼 독을 먹고 그냥 자빠져 버리면 내가 섭섭하지 않겠느냐."

망료가 진자강의 상태를 관찰하며 기록하는 장부를 들고 껄껄 웃었다.

진자강은 밀려오는 절망을 억지로 참았다.

이럴 수도, 저럴 수도 없는 극한까지 내몰린 상황.

무림총연맹 운남 지부의 공판에서 느꼈던 것처럼, 지금도 진자강이 할 수 있는 건 아무것도 없었다.

"으아아아악!"

두 독이 모두 가라앉은 건 적어도 하루가 지난 후였다.

그 하루 동안 진자강은 잠도 이루지 못하고 깨어 있는 상태에서 모든 고통을 뼈에 새겨야만 했다.

잠이 들 것 같으면 사향초로 깨우고 다시 총명탕을 먹여 각성 상태로 만들었기 때문이었다.

* * *

망료는 진자강에게 매일 총명탕을 먹이면서 정신을 멀쩡한 상태로 만들고 실험을 이어 갔다.

단순 독에서부터 시작해서 여러 조합의 독을 직접 만들

어 시험해 보고 결과를 기록했다.

진자강은 어지간한 독 정도로는 생명의 위험을 거의 느끼지 않았고, 제법 맹독에 중독된 경우에는 꽤나 고생을 하고서야 살아남았다. 독이 전신으로 퍼지지 않는다고 해도 중독 증세가 없는 건 아니었기 때문이다.

오히려 전신에서 퍼질 중독 증세가 물린 부위에서 집중적으로 일어나서 고통은 더 극심했다.

그런 나날들이 쉬지도 않고 계속 이어졌다.

오늘도 망료는 녹피 장갑을 끼더니, 손가락 한 마디만 한 작고 새까만 거미를 집어 진자강에게 보여 주었다.

거미의 배는 흑진주처럼 동그랗고 윤택이 났는데 세모난 빨간 점이 있어서 독특했다.

"흑과부(黑寡婦)거미란다. 독 자체는 매우 독하지만 양이 적어서 살상력은 많이 떨어지지. 제대로 살상력을 가지려면 매우 오랜 기간 특수한 교배가 필요해. 그러면 이렇게 되지."

망료가 다른 거미를 보여 주었다. 방금의 흑과부거미와 비슷한데 좀 더 까맣고 빨간 점이 양쪽에 박혀 있었다. 게다가 무엇보다 배가 세 배는 더 컸다.

"본 문에서는 내가 처음으로 이 쌍점극락과부(雙點極樂寡

婦)거미의 교배에 성공했다. 사천당가(四川唐家)가 매년 우리 지독문에서 다섯 마리씩 매입해 가는 효자 상품이지. 일반 흑과부거미 대비 열 배 이상의 독을 가지고 있단다."

"으으으."

"가만 있거라, 거미독이 처음도 아닌데 왜 그러느냐? 이 쌍점극락과부도 다른 거미독처럼 붓고 좀 어지럽고 땀이 나고 구토를 한단다. 그다음에 관절이 빠질 듯 아프고 호흡이 힘들다거나 심장이 잘 안 움직인다거나 하면서 죽어 가지. 보통 사람은 그때에 다들 죽던데 넌 어떨지 모르겠구나. 날 실망시키지 말고 이번에도 꼭 살아나거라?"

진자강은 겁이 났다. 설명을 듣는 것만으로도 이미 중독되기 전부터 몸이 떨려서 식은땀이 났다.

망료는 진자강이 덜덜 떠는 모습을 보고 웃었다.

"큭큭큭."

그 겁먹은 모습을 보고 즐기기 위해 독을 쓸 때마다 굳이 필요하지도 않은 설명을 하고 있는 것이다.

진자강은 망료의 말을 듣고 싶지 않았다. 보고 싶지 않았다. 그러나 듣고 본 것을 잊는 것조차 힘들었다. 총명탕의 영향으로 망료가 한 이야기는 대부분 뇌리에 남았다.

독의 이름, 영향…… 심지어는 실제 몸으로 겪었을 때의 고통까지 전부.

그래서 더 끔찍해졌다. 망료가 독물을 보여 주면 그 독물의 독으로 인해 어떤 고통이 있을 것인지 미리 예측할 수 있었기에.

곧 망료가 쌍점극락과부거미를 진자강의 정수리 쪽에다 놓았다. 쌍점극락과부거미가 진자강의 오른쪽 눈꺼풀 위를 물었다. 얼굴 쪽을 직접 물게 한 건 처음이었으므로, 진자강은 까무러치게 놀랐다.

"으아아아악!"

진자강의 신체는 특이해서 독이 전신으로 퍼지지 않는 대신, 집중적으로 물린 부위에서 작용이 일어난다.

곧 시야가 뿌예지고 참을 수 없는 고통이 눈에서부터 시작되어 머리를 뒤흔들었다. 송곳이 눈을 관통한 것 같았다.

"눈! 내 눈! 내 누운!"

비명을 지르는 진자강과 달리 망료는 껄껄대고 웃었다.

"그놈 참, 목소리 한번 우렁차기도 하지."

망료는 차를 마시면서 진자강이 괴로워하는 모습을 느긋하게 감상했다.

"원래 흑과부거미 종류의 독에는 남자의 것을 아주 힘차게 만드는 효능이 있느니라. 하지만 너는 독이 퍼지지 않는 특이한 몸이라 그런 효능이 잘 들어 먹질 않는구나."

흑과부거미의 종류에 물리면 남성의 아랫도리가 팽창하

여 줄어들지 않는다. 흑과부거미를 개량한 쌍점극락과부거미의 이름에 극락이 들어간 것도 그런 이유였다. 흑과부거미보다 열 배나 독이 강하기 때문에 그러한 부작용 역시 열 배나 효과가 컸던 것이다.

그러나 기혈이 막혀 독이 퍼지지 않는 진자강에게는 그것조차 소용이 없는 모양이었다.

그래도 물린 부분의 중독은 보통 사람들보다 훨씬 빠르게 진행됐다. 퉁퉁 부운 진자강의 물린 눈꺼풀 위는 이미 괴사(壞死)하기 시작했다.

눈이 썩어 들어가는 것과 같은 고통은 이전의 고통에 비할 바가 아니었다.

진자강은 참다 못해 처음으로 망료에게 구걸했다.

"사…… 살려 주세요."

"뭐?"

"제발…… 제발 그만해 주세요. 눈이, 눈이……."

망료가 놀란 얼굴을 했다.

"허허, 살려 달라고? 세 달 만이구나. 네가 세 달 만에 드디어 손을 들었어."

벌써 세 달이나 된 걸까. 진자강은 전혀 몰랐다.

그러나 지금 중요한 건 그게 아니다. 눈이 아파 참을 수가 없었다.

"살려 주세요! 으아아."

그 순간 웃고 있던 망료의 얼굴에 시퍼런 분노가 차올랐다.

망료가 다른 사람이 된 것처럼 고함을 질렀다.

"살려 달라고 구걸할 거였으면, 내 발을 이렇게 만들기 전에 오늘 같은 날이 올 걸 생각했어야지!"

망료가 소리를 지르며 살기(殺氣)를 뿜어내자 놀란 쌍점극락과부거미가 마구 진자강의 얼굴을 물었다.

"으아악!"

진자강은 고개를 도리질하며 비명을 질렀다. 독이 너무 과해서 순식간에 얼굴 전체가 땡땡 부었다. 눈과 입이 보이지도 않을 정도로 파묻혔다.

"껄껄껄!"

망료는 진자강의 엉망이 된 모습에 기분이 좋아져 웃었다. 그러나 진자강은 그리 웃을 만한 상황이 아니었다. 얼굴이 너무 부은 결과, 비강과 기관지가 눌려서 숨쉬기가 불가능해졌다.

"끅, 끄윽."

진자강의 몸이 경련을 일으켰다.

제아무리 진자강이 독에 강해도 숨을 못 쉬면 죽는다.

이제까지와는 비교가 되지 않을 정도로 죽음의 느낌이

온몸을 덮고 있었다.

진자강은 더럭 겁이 났다. 그러면서도 한편으로는 이제야 죽을 수 있구나, 하는 생각에 내심 반갑기까지 했다.

그런데 총명탕 때문에 여전히 의식은 사라지지 않는다. 신체가 기능을 멈추는 걸 명확하게 의식으로 느끼고 있는 기묘한 상황이었다.

이를 지켜보던 망료의 웃음이 서서히 잦아들었다. 점점 표정이 무뚝뚝해졌다가 거기에서부터 다시 일그러지기 시작했다.

망료가 진자강의 상태를 확인해 보니 진자강은 숨을 쉬지 못해 목숨이 거의 경각에 달해 있었다.

중독 증세가 가라앉기까지 기다리다간 그냥 죽게 생겼다.

"이런 망할!"

원래 죽이고 싶을 정도로 미웠던 아이다.

이놈 때문에 외다리가 되는 바람에 지독문 내에서의 입지도 순식간에 좁아졌다.

그땐 진자강의 뼈와 살을 저며서라도 죽여 버리고 싶었다. 세 달 전에는 분명 그랬다.

그러나 지금은 좀 망설여진다.

아깝다는 생각이 들어서다.

최근 지독문은 무림총연맹에 가입했다. 이젠 외형적으로는 정파라 불린다. 예전처럼 인신매매나 납치로 살아 있는 사람을 함부로 데려다 실험 재료로 쓰기가 어려워졌다.

그런 와중에 몸에 무슨 짓을 해도 어지간하면 원래대로 돌아오는 진자강의 몸뚱이는 다신 구하기 어려운 귀한 실험 재료다.

망료는 선택해야 했다.

진자강을 이대로 죽게 내버려 둘지, 적극적으로 살려야 할지.

"끄으응!"

오래 갈등할 시간이 없었다. 만일 고민만 하다가 진자강이 이대로 죽어 버린다면 망료는 땅을 치고 후회할지도 모른다.

잠깐의 고민 끝에 결국 망료는 진자강을 살리기로 했다. 죽여서 얻는 이득보다 살려서 얻는 이득이 크다고 판단한 것이다.

그간 진자강의 몸에 여러 독을 실험해서 얻은 소득도 제법 되었다. 요즘은 지독문 내에서 독 연구에 가장 앞선 게 바로 망료고, 그건 모두 진자강 덕이다. 물론 현장에서 밀려난 탓에 그렇게 된 이유도 있었다.

"내가 이놈을 살리게 될 줄이야."

망료는 눈살을 찌푸렸다. 살리자고 마음은 먹었으나 방법이 간단치 않다.

목이 부어서 탕약이나 해독제를 먹이는 건 아예 불가능.

환부를 칼로 째서 독을 짜내는 방법도 있다. 그러나 지금 얼굴 곳곳을 물린 탓에 독을 제거하자면 눈과 함께 얼굴의 반을 도려내야 한다.

그러면 진자강이 살아남을 수 있을 리가 없다.

남은 방법은 내공을 이용해 진자강의 몸에서 독기를 최대한 몰아내는 것뿐이다. 독기가 빠지면 증상이 좀 더 빨리 가라앉을 것이고 남은 독 정도야 진자강의 몸이 알아서 버텨 낼 것이다. 그 방법이 가장 살 확률이 높았다.

한데 그러자면 우선 진자강의 꽁꽁 막힌 기혈을 뚫어 독기를 인도해야 했다. 애초에 독이 퍼지지 못할 정도로 막혀 버린 기혈이니 그것 또한 결코 쉬운 일이 아니다.

'이럴 줄 알았으면 다리를 물게 할걸. 그랬으면 다리 하나만 자르면 간단했을 일을! 에잉!'

망료는 혀를 차면서 녹피 장갑을 벗었다.

그리고 진자강을 묶은 끈들을 풀었다.

세 달이나 누워 있기만 했던 진자강은 팔다리에 근육도 별로 남지 않고 야위어져 버렸다.

망료는 진자강을 바닥에 내려 두고 내공을 끌어 올렸다.

"후우."

길게 심호흡을 한 뒤 진자강의 백회혈에 손바닥을 얹었다. 손바닥의 장심에서 쏟아진 망료의 내공이 진자강의 백회혈을 파고들었다.

진자강의 꽉 막힌 백회혈은 망료의 내공을 거부했다. 망료가 기운을 쓰자 망료의 얼굴이 붉게 달아올랐다.

망료의 내공은 일 갑자 수준이다. 그 정도면 제법 내공이 높은 편에 속한다.

하지만 원래 제대로 기혈을 뚫으려면 내공이 삼 갑자는 되어야 수월하다. 그럼에도 내공이 일 갑자인 망료가 기혈타통을 시도하는 것은 완전한 타통이 아니라 아주 조금의 틈만 내면 되기 때문이다.

망료는 끙끙대며 한참 동안 내공을 쏟아 부은 끝에야 드디어 진자강의 백회혈을 조금 열 수 있었다. 아주 작은 틈이다. 완전히 여는 건 처음부터 언감생심 꿈도 꾸지 않았다.

이어 다음 기혈들을 차례로 뚫어갔다. 제대로 뚫은 게 아니라 여전히 가느다란 실이 겨우 지나갈 정도의 좁은 구멍에 불과했다. 고작 그 정도를 하는 데도 망료의 전신은 땀투성이가 되었다.

"끄응!"

망료는 좁은 구멍을 통해 진자강의 얼굴 곳곳에 고인 독기를 이끌었다.

계속해서 기혈을 이어 나가 어깨, 팔뚝, 오른손까지 독기를 인도해 갔다.

마지막으로 독기를 새끼손가락 끝의 소택혈(少澤穴)까지 잇자 벌떡 일어나 비수를 들고 진자강의 새끼손가락 끝을 베었다.

검붉은 피가 나오다가 투명한 액(液)이 방울지며 맺혔다. 진자강의 얼굴에서부터 끌고 온 독기가 체내의 진액(津液)으로 녹아난 것이다.

망료는 작은 호리병에 피와 함께 독액을 담아 받았다.

고가의 독을 그냥 내버릴 수는 없는 노릇이었다. 진자강의 피를 걸러 내고서라도 써야 할 판이다.

생각 같아서야 독을 더 짜내고 싶었지만 이제 망료도 기운이 다 떨어졌다. 이마는 물론이고 전신이 땀으로 흠뻑 젖었다.

"이 정도면 살아는 나겠지."

망료가 호리병의 마개를 닫아 챙겨 넣으며 긴 숨을 몰아쉬었다. 팔다리가 다 후들거렸다. 그러고 나서 진자강의 상태를 보니, 미약하지만 숨이 붙어 있다. 보통 사람이었다면 숨이 막혀서가 아니라 독 때문에라도 죽고 남았을 시간이다.

일단 독이 몸으로 퍼지기 시작하면 어지간한 고수도 내공으로 독기를 빼내는 건 거의 불가능하다는 것이 정설.

물론 진자강이야 독이 몸으로 퍼지지 않는 몸이니 살아 있을 수 있는 것이고, 그러니까 시간이 꽤 지났는데도 이렇게 독을 빼낼 수 있는 것일 터이다.

"질긴 놈."

망료는 진자강의 목 아래를 비수로 찔렀다.

쌔애액.

피거품과 공기 바람이 새어 나왔다. 목 위가 부어 있으니 목 아래에 구멍을 내 임시로 숨을 쉬게 만든 것이다.

독기를 얼추 빼냈으니 진자강의 특이한 몸뚱이라면 붓기도 곧 가라앉을 테고, 그때쯤이면 목의 구멍도 아물 것 같았다.

망료는 진자강을 노려보았다.

실로 오랜만에 내공을 바닥까지 긁어 썼다. 내공을 다시 회복하는 데 꽤 시간이 걸릴 것이다.

"내가 네깟 놈 때문에 이 짓까지……."

짜증 나는 눈길로 진자강을 바라보던 망료가 화를 못 참고 진자강을 발로 찼다.

퍽!

진자강은 바닥을 굴러 엎어졌다. 팔다리에 묶인 족쇄는 풀렸으나 여전히 꼼짝달싹할 수 없는 몸이었다.

망료가 진자강에게 다가가 머리카락을 쥐어뜯듯 움켜쥐고 들어 올렸다. 그러곤 으르렁거리듯 말을 던졌다.

"네놈을 끝까지 써먹어 주마. 내가 늙어 죽거나, 벼락을 맞아 죽거나 하기 전까지 네놈은 죽어서도 나를 벗어날 수 없을 것이다."

망료는 진자강을 내팽개치고 일어섰다.

땀으로 범벅이 된 데다 제대로 씻기지도 않은 진자강을 만져 옷이 더러워졌다.

망료는 씻고 옷을 갈아입기 위해 방을 나가려다가, 잠깐 주춤했다.

진자강을 묶어 놓지 않았다는 걸 깨달은 것이다.

하지만 널브러진 진자강은 도무지 일어날 수 있을 것 같아 보이지 않았다. 어차피 세 달이나 묶여 있던 놈이라 기력이 없어 움직이지도 못할뿐더러 방문만 잠가도 달아날 수 없을 것이다.

더구나 이곳은 지독문의 내부이니 어찌어찌 방을 벗어난다 해도 달아날 곳이 없다.

"흥."

망료는 일말의 불안감을 날려 버리려는 듯 콧방귀를 끼

며 방을 나가 문을 잠갔다.

그런데 망료가 문을 잠그기가 무섭게 널브러져 있던 진자강의 몸이 들썩했다.

진자강의 의식은 매우 멀쩡했다.

그 모든 고통과 통증을 겪고 자기가 죽어 가던 때, 그때마저도 계속해서 의식이 있었다. 망료가 내공으로 혈도를 뚫을 때에도 기혈이 찢어지는 듯했던 고통을 생생하게 기억했다. 목이 막혀 비명을 지르지 못하고 몸이 굳어서 발버둥 치지 못했을 뿐이다.

그리고 자신이 지금 묶이지 않았다는 것도 확실하게 인지하고 있다.

진자강은 부어 있는 눈을 힘겹게 떴다. 흐릿하게 방 안의 정경이 눈에 들어온다.

'기회는 지금밖에 없어!'

다신 이런 기회가 찾아오지 않을지도 모른다.

이 방에는 살아 있는 독물들도 많고 망료가 아끼는 서적들도 많았다. 그래서인지 그동안 다른 사람들이 찾아온 적이 없다. 어지간하면 사람 소리가 나지 않는 걸로 보아 약간 외진 곳에 있는 듯도 하다.

날짜 가는 건 몰랐어도 기절한 적이 없어서 그간의 일들은 전부 기억하고 있다.

진자강은 바닥을 엉금엉금 기어서 문으로 다가갔다.

겨우겨우 손을 들어 밀어 보았으나 잠긴 문은 열리지 않았다. 독물들 때문에 두꺼운 판자를 덧대 만든 문이라, 잠기지 않았어도 진자강의 힘으로는 열기 어렵다.

진자강은 입도 아닌 목에 난 구멍으로 숨을 쉬며 방 반대편으로 기어갔다. 너무 움직이지 않았기에 그 정도 움직이는 것도 힘에 부쳤다.

겨우겨우 도착한 방 끝, 바닥에 문고리가 달린 뚜껑이 하나 있었다.

'이거다!'

그동안 수없이 봤던 열고 닫는 문구멍.

망료가 갖은 실험을 한 후 남은 독물의 사체나 찌꺼기를 버리는 구멍이다. 잠시 쉰 진자강은 방바닥에 있는 문고리를 손으로 당겼다. 기운이 없어서 잘 되지 않았다. 문고리를 이로 물었다. 그리고 힘껏 위로 당겼다.

끼긱.

문고리가 살짝 들렸다.

진자강은 눈물까지 흘리면서 온 힘을 다했다. 몸이 바들바들 떨리고 목에 쥐가 다 날 지경이었지만 멈추지 않았다.

이번이 아니면 다음은 없다!

살고 싶었다. 더 이상 고통 받고 싶지 않았다.

진자강은 필사적으로 문고리를 당겼다.

마침내 문고리가 들리며 바닥의 뚜껑이 열렸다.

덜컹.

뚜껑이 들리자마자 썩은 내와 신선한 바람이 동시에 훅 풍겨 왔다.

진자강은 반색했다.

바람이 느껴진다는 건 바깥 어딘가로 연결되어 있다는 뜻이다.

진자강은 뚜껑을 옆으로 밀어 놓고 구멍 아래를 내려다보았다.

흐릿한 시야 때문에 잘 보이지 않는다. 고랑을 판 통나무를 배수관처럼 이어 만든 구멍인데 얼마나 깊은지, 어디로 통하는지도 모른다.

달아날 수 있을까?

얼마나 기어가야 밖으로 통하는 구멍이 있을까?

잠깐.

그때 무언가 이상하다고 느낀 진자강이 구멍을 손으로 더듬었다.

구멍이 너무 작았다. 구멍의 크기는 겨우 어른의 큰 손한 뼘 정도의 직경에 불과했다.

진자강은 어떻게든 몸을 쑤셔 넣으려고 했다. 그러나 머리는 들어가도 어깨가 들어가지 않는다.

진자강이 하도 몸부림을 치는 바람에 어깨의 살이 긁히고 까져서 피까지 났다.

그래도 들어갈 수 없었다. 일, 이 년만 더 어렸다면 어떻게 들어갔을 수도 있을 법한 구멍이었다.

하지만 지금은 아니다.

진자강은 절망했다. 나오지 않는 목으로 꺽꺽대며 절규했다.

뚜걱, 뚜걱.

쇠창살이 채워진 창문으로 뚜걱대는 비대칭적인 소음이 멀리에서부터 들려온다.

망료가 오고 있다.

* * *

진자강은 생각했다.

살고 싶다.

아무리 움직일 힘이 없어도 이대로 있으면 다시 꽁꽁 묶인 채 괴롭힘을 당하다가 죽는다. 그때에는 지금보다도 더 기운이 없을 게 분명할 것이다.

진자강은 이를 악물었다. 온 힘을 다해 팔을 딛고 일어섰다.

하지만 그간 근육을 거의 사용하지 않았던 탓에 팔에 힘이 풀려 엎어질 뻔했다.

'안 돼! 여기서 죽을 순 없어!'

그런데 그 순간 몸속에서 벼락이 치는 기분이 들었다.

정수리의 백회에서부터 아주 작은 실낱같은 기운이 일어나더니 오른팔까지 이어진 것이다.

그 힘이 진자강을 지탱해 주었다. 진자강은 엎어지지 않고 버틸 수 있었다. 정말로 실낱 그 이상은 아니었으나 그것만으로도 지금의 진자강에게는 어마어마한 도움이 되었다.

진자강으로서는 물에 빠져 지푸라기라도 잡는 심정이었으나, 희망이 생긴 것도 사실이었다.

진자강은 의식적으로 계속 그 힘을 이끌어 내려고 노력했다.

정수리의 백회혈이 욱신거리면서 실낱같은 기운이 계속 생겨나 오른팔로 흘렀다.

오른손에 점점 힘이 들어간다.

진자강은 그것이 조금 전 망료가 자기에게 시도했던 시술 때문이라는 걸 깨달았다.

뚜걱, 뚜걱.

지팡이 짚는 소리가 가까워지고 있었다.

머잖아 망료가 도착할 것이다.

진자강은 기운을 내 오른손으로 벽을 붙들고 일어섰다. 부러진 다리를 제대로 붙여 주지 않아 서 있는 것도 보통 힘든 일이 아니었다.

진자강은 거의 선반에 매달리다시피 해서 손에 잡히는 대로 선반에 있는 것들을 죄다 끌어 내렸다.

뱀을 담아 두는 망태기, 지네와 전갈이 든 호리병, 거미가 든 대나무 바구니, 두꺼비가 든 죽통(竹網)들이다.

대충 내려놓았다 싶자 몇몇 개의 뚜껑을 열어서 사방에 흩뿌렸다.

개미 등 작은 곤충 일부는 일부러 구멍 근처에 쏟아서 밟아 죽였다.

독물들을 꺼내 쏟고 발로 밟아 죽일 때, 진자강은 몇 번이나 손과 발을 독물에 물렸다.

원래 한 번 물리기만 해도 사람을 골로 보낼 수 있는 지독한 독물들이었다. 진자강은 점점 마비가 왔지만, 참았다. 자기는 물려도 어차피 죽지 않는 몸이다.

그리고 독이 오르는 데 걸리는 최소한의 시간은 대략 일각 후.

그 시간이면 충분하다.

평생 겪을 고통을 일각만 참아서 살 수 있다면 그렇게 하는 게 옳은 것이다.

진자강은 풀이나 독초도 괜히 사방에 흩어 놓았다.

이 정도면 아마도 망료는 진자강이 저 구멍으로 달아났다고 생각하게 되지 않을까?

아니, 제발 그렇게 생각해 주었으면 하는 진자강의 바람이다.

뚜걱, 뚜걱.

지팡이 짚는 소리가 문 앞에 거의 다 다가왔다.

그런데 이것만으로는 부족하지 않을까?

문득 진자강은 오른손이 저려서 손을 내려다보았다.

독물에 이리저리 물린 손은 벌써 통통하게 부었는데, 새끼손가락 끝에 핏방울과 함께 투명한 액이 흘러나와 매달린 게 보였다.

그 아래로, 진자강의 발치에 대나무 바구니가 구르고 있었다.

*　　*　　*

멈칫.

망료는 문을 열려다가 멈추었다.

문에서 비린내가 심하게 풍겨 왔다.

원래 독물들을 잔뜩 모아 놨으니 비린내야 늘 났다.

그러나 지금처럼 심한 적은 없었다.

뭔가 이상하다.

끼익.

망료는 잠긴 문을 열고 조심스럽게 들어섰다.

그 순간, 비린내가 확 풍기면서 바람 소리가 났다.

쉬익!

맹독을 지닌 쇠살무사가 이를 잔뜩 드러낸 채 달려들었다. 전혀 상상하지도 못했던 일이었다.

망료는 크게 놀랐지만 지팡이로 살무사의 몸뚱이를 휘저어 감고, 다른 손으로 머리를 쥐었다.

쉬이이익!

성난 쇠살무사가 크게 입을 벌리며 위협의 소리를 냈다. 망료는 쇠살무사의 턱을 양쪽에서 눌러 입을 다물지 못하게 하고는 방 안을 보았다.

도대체 왜 쇠살무사가 밖에 나와 있지?

망료의 의문은 금세 풀렸다.

쇠살무사가 들어 있던 망태기의 입구가 열린 채 바닥을 구르고 있었던 것이다. 심지어 함께 넣어 둔 다른 쇠살무사들도 망태기에서 슬슬 기어 나오는 게 보인다.

그뿐만이 아니었다. 나갈 때까지만 해도 멀쩡하던 방 안이 온통 어지럽혀져 있었다. 선반에 있어야 할 독물의 우리며 망태기들이 입구가 열린 채 바닥에 떨어져서 흩어져 있었던 것이다.

그 바람에 바닥에 뱀이 기어 다니고, 전갈과 거미가 마구 벽을 타고 다니며 천장에도 곤충들이 붙어 있었다.

누가 그랬는지는 뻔하다.

진자강!

망료는 화가 나서 손이 다 떨렸다.

"이놈이 어떻게 움직일 힘이 남았단 말이냐."

자신이 아끼는 귀한 독물들을 엉망으로 만든 진자강을 도저히 용서할 수 없었다.

망료가 눈을 치켜뜨고 방 안을 살폈다. 한두 마리면 모를까, 망료라 해도 기습적으로 저 여러 독물들에 물리면 쉽사리 해독하기 어렵다. 때문에 섣불리 방 안으로 들어가지는 못했다.

하지만 문가에 서서 아무리 살펴봐도 진자강은 보이지 않았다.

망료가 이를 갈며 소리쳤다.

"네 이놈! 당장 나오거라! 기껏 살려 줬더니 은혜를 이런 식으로 갚아?"

당연히 나올 리가 없다.

망료가 다시 소리를 질렀다.

"숨어 있다가 나중에 잡히면 가만두지 않을 것이다!"

여전히 대꾸가 없다. 방 안은 조용하다. 독물들만이 방 안을 쏘다닐 따름이다.

"으으으."

돌아다니는 독물들을 다 잡아서 제자리에 넣으려면 꽤나 골치가 아파질 것이다. 더구나 저 독물들은 대부분 극독을 지니고 있어서 제대로 장비를 갖춘 자들을 데려와 잡아야 한다.

"좋다, 이놈. 어디 숨바꼭질을 해 보자꾸나. 잡히면 제일 먼저 손에 잡힌 부분을 생으로 뜯어 줄 테니."

망료는 쇠살무사를 방 안 구석에 던져 버리고 양손에 녹피 장갑을 꼈다.

안으로 들어갈 생각이다.

어차피 진자강이 숨어 봤자다. 방 안에서 숨을 데가 어디 있겠는가.

망료는 문을 닫았다.

쿵.

방 안을 이리저리 둘러보는 망료의 눈가에는 살기가 가득했다.

그런데 이상하게도 진자강이 보이지 않는다.

겨우 단칸 오두막이다. 방 안에 돌침대가 있고 한쪽에는 책상, 그리고 양 벽에 선반이 있는 게 다다. 바닥에 망태기며 깨진 호리병, 대나무 창살 우리들이 널브러져 있다.

망료가 돌아다니는 독물들을 피해 순식간에 한 바퀴를 둘러보았는데, 진자강이 없다.

"왜 없지? 왜?"

휘익.

문득 망료는 아주 작은 바람의 기운과 썩은 내를 느꼈다.

고개를 돌려 보니 반대편 방바닥에 뚜껑이 조금 열린 채 구멍이 열려 있는 게 보인다. 거기에서 바람이 불어 들어온다. 잡다한 쓰레기를 내버리는 구멍인데, 길게 이어져 바깥에 연결되어 있다.

구멍이 굉장히 좁아서 사람이 들어갈 만한 크기는 아니다.

"설마……."

하지만 '혹시나' 라는 게 있다.

망료는 덜컥 의심이 들었다. 진자강이라면 저 구멍으로 달아났을 수도 있다는 생각이 들었다.

'진자강 이놈이 얼마나 왜소했었지?'

그 독한 놈이라면 제 어깨를 탈구시켜서라도 달아났을

수 있다.

망료가 달려가 확인해 보니 뚜껑 근처에 눌려 죽은 독물들이 보인다. 아무리 봐도 그리로 비비고 들어간 듯한 모양새다.

망료는 얼른 무릎을 꿇었다. 그리고 안을 확인하려고 뚜껑을 밀었다.

순간.

뚜껑에 걸려 있던 뭔가가 망료의 눈으로 날아들었다.

팅!

망료는 기겁해서 옆으로 몸을 돌리며 피했다. 날카로운 것이 얼굴을 스쳐 지나갔다.

무언가 보았더니, 다름 아닌 대나무살이다. 대나무살이 뚜껑과 구멍 사이에 끼어 있다가 튕겨진 모양이다.

"이게 무슨!"

망료는 왼쪽 눈 밑을 매만졌다.

피가 묻어났다.

망료의 피가 아니다.

피하다가 눈 밑을 좀 긁히긴 했는데 피가 날 정도는 아니다.

그렇다면 진자강의 피.

기분이 싸하다.

이것이 과연 우연일까?

그런데 갑자기 눈 밑이 얼얼한 기분이 들었다. 상처가 난 쪽의 시야가 뿌옇게 변해 가고 있었다.

독.

독이었다.

망료는 식겁했다.

"이 어린놈의 새끼가!"

언제 대나무살에 독을 발라 놓았단 말인가!

그냥 피를 발라 놓은 정도로는 중독이 될 리가 없는데!

그러나 자신이 중독이 된 건 사실이었다.

망료는 급해졌다.

하필이면 조금 전 진자강의 기혈을 뚫느라 내공을 거의 소진한 상태였다. 내공으로 독을 밀어내기 어렵다.

망료는 얼굴의 혈도를 찍었지만 내공이 부족해 제대로 점혈조차 되지 않았다. 독기가 기혈을 타고 주변으로 퍼지는 걸 조금 늦추게 된 정도다.

식은땀이 삘삘 났다. 머리가 핑핑 돌고 눈이 쑤셔 온다. 간지럽기까지 하다.

한 가지 독의 중독 증상이 아니다.

"으으으. 도대체 무슨 독이 이렇게……."

망료는 고통스러운 신음을 내뱉었다.

설상가상으로 지팡이를 타고 전갈 한 마리가 올라오고 있었다.

"크윽!"

망료는 지팡이를 휘둘러 전갈을 날려 버렸다. 전갈이 벽에 부딪쳐 아작 났다.

방 안에 풀려진 독물들이 자신을 향해 다가오고 있었다. 내공이 거의 없는 상태라 제대로 대응할 수도 없었다. 망료는 지팡이를 휘두르고 발로 차서 독물들을 쫓거나 죽였다.

귀한 독물들이지만 자기 몸보다 귀할 순 없다. 그것도 자기가 살아야 귀한 것이다.

이미 상처가 난 쪽의 눈이 붓기 시작해서 잘 보이지 않는다. 눈알이 쑤셔 왔다.

더 지체할 틈이 없었다. 자기는 진자강과 같은 특이지체가 아니다. 빨리 이 방을 나가야 한다.

"네 이놈, 두고 보자! 지옥 끝까지라도 쫓아가서 사지를 찢어 버릴 것이다!"

망료는 악에 받쳐 저주의 말을 퍼부으며 눈을 감싸 쥐고 문으로 달렸다.

"거기 누구 없느냐!"

망료가 문을 거의 박차다시피 열고 밖으로 뛰쳐나가며 소리를 질렀다.

서두르다가 지팡이를 잘못 짚어 땅을 몇 바퀴나 굴렀다. 그러고는 마구 토악질을 했다.

"우에엑! 우엑!"

구토하는데 피가 섞여 나왔다. 한참이나 구토를 해서 위액까지 전부 쏟아 낸 망료는 헉헉대며 숨을 몰아쉬었다.

눈은 썩어 들어가는 듯 아프고 머리는 깨질 것 같다.

망료는 품을 뒤져서 해독약을 찾았다. 어떤 독인지 확실하게 모르므로 이것저것 해독약을 증상에 따라 찾아 먹느라 시간이 걸렸다.

그런데 갑자기 하복부가 뻐근해진다. 이 와중에 어이없게도 아랫도리에 힘이 들어간다.

망료의 정신이 번쩍 들었다.

'역시 주독(主毒)은 쌍점극락과부거미의 독이었구나!'

쌍점극락과부거미의 완전한 해독약은 없다. 워낙에 극독이라서다. 대신 과부거미과의 해독약으로 증세를 어느 정도 완화시킬 수는 있다.

망료는 급하게 품을 뒤져 과부거미의 해독약을 꺼냈다. 기름 먹인 종이에 싸인 가루를 입에 털어 넣고 나머지는 눈밑 상처에 뿌렸다.

통증이 조금 가라앉았다.

그나마 상처로 들어온 독의 양 자체가 많지 않으므로 가능했던 일이다.

겨우 숨통이 트였다.

그 순간.

불현듯 망료는 오래전의 일이 떠올랐다.

"그러고 보니 그때 그 동굴……?"

손위학이 죽어 있던 동굴.

아무래도 못 미더워 망료는 사람을 시켜 그 동굴 앞을 며칠이나 지키게 했었다. 후에 동굴 안에 시독이 가득해져서 아무도 거기를 들어갈 수 없을 거란 말을 듣고서야 철수를 허락했다.

그렇지만 다른 곳 어디에서도 진자강은 끝끝내 찾지 못했다.

사방에 포위망을 치고, 백화절곡을 배신한 곽오의 조력하에 은신처가 될 만한 곳은 모두 뒤졌는데도.

그런데도 마침내 진자강은 그곳을 탈출해 무림총연맹 운남 지부까지 가서 일을 복잡하게 만들었다.

도대체 진자강이 어떻게 거기서 달아났을까? 대체 어디에 숨어 있던 것일까?

그때는 그냥 지키는 놈들이 한눈을 팔아 놓쳤다고 생각했는데, 지금 보니 그게 아닐 수도 있었다.

당시엔 진자강이 독이 잘 듣지 않는 몸이라는 걸 몰랐던 것이다.

만약 진자강이 그때도 지금처럼 독에 강한 몸이었다면 얘기가 달라진다.

망료는 모골이 송연해졌다.

'놈! 그때도 그냥 그 동굴에 숨어 있었어!'

그걸 왜 이제야 깨달았을까.

망료는 허겁지겁 되돌아갔다. 제대로 닫지도 않은 문이 빼꼼하게 열려 있었다.

망료가 문을 잡고서 다시 한 번 방 안을 살폈다.

방 안은 여전히 어지럽혀져 있다.

진자강이 구멍으로 달아날 생각이었다면 굳이 방 안을 어지럽힐 필요가 없었다. 아무리 생각해도 그 구멍은 달아나기에 너무 좁다.

그러니 어지럽힌 이유는 단 하나다.

숨어 있기 위해서다.

아까는 무심코 지나쳤던 것 중 하나는 바로 문 앞에 떨어져 있는 망태기다.

아까 보았을 때 그 안에서 쇠살무사들이 기어 나오고 있었기에 전혀 그 안을 더 뒤져 볼 생각을 못 했다. 더구나 망태기는 문을 열자마자 바로 앞에 있었기에 너무 당당하게 있어서 오히려 의심을 못 했던 것도 사실이다.

자기가 멍청했다. 그런 독한 놈이라면 쇠살무사에 물리면서라도 그 안에 숨어 있었을 가능성이 크다.

망료는 망태기를 노려보았다. 지금 이 방 안에서 유일하게 망료가 뒤져 보지 않은 건 그것뿐이다.

"이놈……."

이를 바득바득 갈며 망료가 지팡이를 치켜들었다.

다리와 눈이 둘 다 쑤셔오는 것 같았다. 이미 왼쪽 눈은 뿌연 막을 씌운 듯 거의 보이지 않는다.

그 고통에의 분노를 담아 망료는 지팡이 끝으로 망태기를 찍었다.

지팡이가 망태기를 뚫고 물컹한 뭔가를 짓이겼다.

망료가 망태기를 발로 차서 뒤집었다.

망태기 안에서 짓이겨진 쇠살무사가 온몸을 비틀면서 굴러 나왔다.

그러나 진자강은 없었다.

자세히 보니 망태기에서 이어진 작은 핏방울이 문으로 이어져 있다. 기어간 흔적도 있다.

조금만 더 침착하게 훑어보았다면 놓치지 않았을 부분이다. 지금이라도 뒤쫓는다면 금세 잡을 수 있을 것 같다.

하지만 망료는 그럴 수가 없었다.

성질을 있는 대로 내는 바람에 겨우 진정시켰던 독이 다시 발작했다. 혈류가 빨라지며 엉성하게 짚었던 점혈이 풀리고 독이 온몸으로 퍼지기 시작했다.

묵직한 고통이 눈을 관통해 머리와 등뼈를 뒤흔들었다. 이대로라면 진자강을 뒤쫓아 가서 쳐 죽인대도 자기는 중독으로 인한 후유증이 심각하게 남을 것이다.

망료로서는 이득 볼 것이 전혀 없이 손해만 남는 일이 될 뿐이었다.

"으…… 으아아아아! 이놈! 진자강!"

망료는 왼눈을 감싸 쥐고 절규하듯 부르짖었다.

* * *

원래 진자강은 망료가 방을 뛰쳐나갈 때까지 망태기 안에서 조마조마하게 숨어 있었다.

만약 망태기를 뒤진다면 잡고 있던 쇠살무사를 뿌릴 생각이었다. 하지만 운 좋게도 조잡한 대나무살 함정에 당한 망료가 혼란에 빠지는 바람에 그런 일은 없었다.

그 대나무살에 바른 것은 다름 아닌 새끼손가락으로 흘러나온 독.

진자강이 계속해서 손을 움직이느라 기혈을 이용한 결과, 쌍점극락과부거미의 남은 독과 손등을 문 독물들의 독이 뚫린 기혈을 통해 일부 새어 나왔던 것이다.

일반인이었다면 기혈을 통해 이동한 독이 전신으로 퍼져 스며들었을 텐데, 진자강의 기혈은 완전히 굳어 있어서 독기가 다른 데로 퍼질 여지가 없었다.

워낙에 뚫린 기혈의 통로가 가느다랗기 때문에 그렇게 흘러나온 독액은 미량에 불과했지만, 맹독인 쌍점극락과부거미와 수많은 독물들의 독이 혼합되어 있었다.

그것만으로도 목숨을 위협할 수 있을 정도의 독이다.

중독된 망료가 다급해한 것도 무리가 아니었다.

그래서 망료가 다른 독물들에게 또 물릴까 봐 방을 뛰쳐나간 순간, 진자강도 움직였다.

들켜도 어쩔 수 없었다. 움직일 기회는 그때뿐이었다.

진자강은 망태기를 나와 바닥을 기었다. 온 힘을 다해 열린 문으로 나왔다. 다행히도 망료는 그때 십여 장 떨어진 곳에서 등을 돌린 채 구토를 하고 있어 진자강을 전혀 눈치채지 못하고 있었다.

그동안 사람 소리가 거의 들리지 않았기 때문에 약간 외진 곳이라 생각했는데, 그 생각이 맞았다. 건물들 간의 거리가 멀었다. 아무래도 독을 다루는 문파다 보니 건물들 간의 거리가 있는 게 당연한 일이다.

지독문의 건물들은 산을 따라 감싸고 오르듯 둘러진 길

의 바깥쪽으로 절벽 쪽을 향해 지어져 있는 것이 특이했다. 그중에서도 망료의 오두막은 위쪽쯤 위치하고 있었다.

당연히 길을 따라 내려갈 수는 없었다. 진자강은 망료와 반대쪽인 오두막의 뒤로 돌아가 절벽에 가까운 비탈을 통해 내려갔다.

하도 많은 독물들에 물려 끔찍할 정도로 고통스러웠다. 거기다 기는 동안 팔꿈치며 무릎이며 온통 까지고 쓸렸다.

진자강은 너무 아파서 울며 기었다. 정신이라도 나갔으면 그냥 달아나는 것만 생각했을 텐데, 망료가 신경 써서 제조한 총명탕 덕에 정신은 여전히 멀쩡했다.

기는 동안 흙에 쓸리고 나뭇가지에 긁히고 돌에 찍히면서 진자강의 전신은 엉망이 되었다.

그러나 그렇게까지 기었어도 정작 망료의 오두막에서 벗어난 거리는 얼마 되지 않았다. 성인 남자가 숨을 참고 한달음에 달릴 정도밖에 안 되는 거리다.

'어떻게 하지?'

달아는 났으되 갈 곳이 없었다. 잡히면 더 끔찍한 일을 당할 거라는 생각에 멈출 수도 없었다.

이제는 움직일 기운도 거의 떨어져 간다.

산을 벗어나는 건 무리, 역시나 어딘가 숨을 수밖에 없다.

진자강은 끙끙대며 기어가다가 익숙한 썩은 내와 비린내를 맡았다. 자기도 모르게 방향을 틀어 그쪽으로 기어갔다.

그러다가 손을 헛디뎌 일장 여 높이의 비탈로 굴러떨어졌다.

데구루루.

풀썩!

진자강이 떨어진 곳은 작은 구덩이였다. 구덩이에 온갖 독물들의 사체며 쓰레기가 가득했다.

위를 올려다보니 비탈을 따라 이어진 배수관 같은 것들이 보인다. 공교롭게도 배수관은 망료의 오두막에서도 이어져 있었다.

여긴 오물을 모으는 구덩이다. 망료의 오두막뿐 아니라 다른 건물에서도 버린 오물이 모이는 곳이다.

'으으…….'

진자강은 오물 구덩이로 달아난 것처럼 꾀를 부렸다. 그게 이어진 곳이 여기다.

하필!

진자강은 움직여야겠다고 생각했지만, 안에 파묻힌 바람에 헤어 나올 힘이 없었다.

몇 번 팔다리를 허우적거렸더니 더 기운이 빠져 움직일 수 없었다.

오히려 썩은 쓰레기들의 안에 파묻혀 있어 안락한 기분이 든다.

서서히 숨이 잦아들고 눈은 떠지지 않는다.

이제 끝장인가.

몸은 움직이지 않는데 정신은 멀쩡해서 몸 곳곳의 고통은 아직도 생생했다. 귀찮을 정도였다.

그때, 인기척이 났다.

누군가의 그림자가 진자강의 위로 드리워졌다.

곽오였다.

* * *

곽오는 백화절곡을 배신했다.

그것은 틀림없는 주지의 사실이다.

그러나 곽오 역시 사태가 백화절곡의 멸문이라는 지경에까지 이를 거라는 생각은 전혀 하지 못했다.

곽오는 그저 여타의 젊은 무인들처럼 백화절곡의 이름을 달고 강호를 종횡하고 싶었을 따름이었다.

사부나 백화절곡의 다른 사람들처럼 심산유곡에 처박혀 답답하게 살고 싶지 않았다. 그러기에는 젊은 피가 너무 뜨거웠다.

그래서 지독문의 꼬드김에 귀가 솔깃해지고 말았다.

—백화절곡의 노친네들은 너무 늙어서 사리 판단을 못해. 언제까지 숨어 살 거야? 이제 젊은 사람들이 나서서 백화절곡을 밖으로 나오게 해야지. 아닌 말로 우리 지독문도 이번에 무림총연맹에 가입하게 됐는데, 백화절곡이 못 할 이유가 뭐가 있어. 안 그래?

무림총연맹!

정파 무림을 대표하는 연합체.

무림총연맹의 일원이 된다는 건 곽오와 같은 나이의 청년들에게는 동경과도 같은 일이었다.

곽오는 비슷한 나이대의 청년 협객들과 호형호제하며 밤새 협의를 논하고, 아리따운 소저들과 강호행을 하며 동고동락하는 꿈을 꾸었다.

—우리가 너를 도와주마. 네가 백화절곡의 장로가 되어 백화절곡을 이끌거라. 노친네들이 처음엔 반발해도 네가 백화절곡을 훌륭히 이끌면 나중엔 너를 인정하지 않고는 못 배기게 될 게야.

곽오는 망료의 감언이설에 속아 백화절곡의 입구에 펼쳐진 방어절진을 통과하는 방법을 알려 주고 말았다.

하지만 뒤이어 발생한 일들은 곽오가 꿈꾸던 미래와 너무 달랐다.

지독문은 백화절곡의 인물들을 대거 학살하고, 백화절곡의 진전을 모두 쓸어 갔다.

온갖 약초며 비전의 단약, 그 제조법들까지.

지독문의 잔혹한 손 씀씀이를 본 터라, 곽오는 감히 지독문에 대항할 수도 없었다.

겁에 질려 시키는 대로만 했다.

그리고 지금, 곽오는 동년배의 청년 협객과 아리따운 소저는커녕 지독문에서 오물이나 치우며 하루하루를 살아가는 노예 신세로 전락했을 따름이었다.

누구도 배신자를 중용하려 하지 않는다는 걸 깨달았을 때에는 너무 늦은 후였다.

그냥 이번에도 시키는 대로 살아갈 수밖에 없었다.

매일이 괴로웠다.

특히나 지독문의 오물은 대개 독에 관계된 쓰레기라 치우다 보면 몸 이곳저곳에 이상이 생겼다.

온몸에 부스러기가 나고 눈도 침침했다.

몸도 힘들었지만 마음도 힘들었다.

매일 밤 악몽을 꾸었다. 망료에게 속아서 백화절곡의 동문들이 죽어 나가는 모습과 백화절곡이 자멸했다고 증언한 자신의 모습이 매일 꿈에 떠올랐다.

무림총연맹의 공판에서 진자강을 앞에 두고 백화절곡을 배신하는 증언을 한 건 참으로 부끄럽고 비겁한 일이었다. 공판이 끝나면 진자강이 죽을 거라는 것도 알았다.

그런데도 죽을까 봐 무서워서 거짓 증언을 할 수밖에 없었던 자신이 스스로도 도저히 용서되지 않는 일이었다.

그런 그의 앞에 진자강이 다시 보였으니, 곽오가 얼마나 놀랐겠는가.

놀라서 얼어붙어 있던 곽오는 한참 동안이나 진자강이 움직이지 않자, 그제야 가슴을 쓸어내렸다.

그러곤 뒤늦게 헛구역질을 했다.

"우웍!"

오물 속에 엉망으로 파묻혀 있는 진자강은 그야말로 끔찍한 모습이었다.

거의 뼈만 남은 수준으로 말랐는데 옷도 못 입고 발가벗겨져서는 시꺼먼 반점과 빨건 반점이 얼룩덜룩한 게 그대로 보였다. 한쪽 다리는 부러져서 이상하게 뒤틀려 있었고, 특히나 얼굴은 퉁퉁 부었는데 피부가 괴사해서 알아보기 힘들 지경이었다.

팔다리 곳곳은 혹이 난 것처럼 퉁퉁 부었고, 온갖 뾰족한 것에 물린 피딱지가 곳곳에 있었으며 팔꿈치며 가슴이며 드러난 곳마다 모두 긁히고 찢긴 상처로 가득했다.

씁쓸한 얼굴로 침을 닦으며 곽오가 중얼거렸다.

"너도 이렇게 죽었냐."

최근 진자강처럼 죽은 시체를 여러 번 본 탓이다. 하지만 그중에서도 단연코 진자강의 모습이 제일 끔찍하다.

곽오는 몇 달 전 진자강이 무림총연맹의 운남 지부에서 자기에게 다시 만나게 될 거라고 한 말이 떠올랐다.

"결국…… 네가 말한 대로 다시 보게 되긴 했구나."

곽오가 위를 올려다보았다. 실험 장소로 쓰는 오두막이 보인다.

망료가 진자강을 데리고 있다는 얘기를 들었으니, 아마도 저곳에서 모진 실험을 했음이 분명하리라. 그리고 죽어서 쓸모가 없어지니까 버렸겠지.

"고통스러웠겠지만 그래도 넌 빨리 죽어서 운이 좋은 편인지도 몰라. 아니면 나처럼 평생 이런 일이나 하는 신세가 되었을 테니까."

한동안 진자강을 쳐다보던 곽오는 삽을 들었다.

늘 하던 대로 수레에 오물들을 퍼 담았다. 대충 오물을 담고는 그 위에 널브러진 진자강의 시체를 끌어 올려 얹었다.

그러고는 수레를 끌었다. 좁은 길로 위태위태하게 수레를 끌고 내려갔다.

앞쪽에서 소란과 함께 시끄러운 소리가 들려왔다.

곽오가 수레를 멈추고 옆으로 비켜섰다. 일단의 무사들이 곽오와 수레 곁을 달려 지나갔다.

"어디야!"

"빨리 뛰어!"

"늦으면 경을 칠 거야!"

무사들은 수레의 오물 덩어리와 시체를 보긴 했으나 얼굴만 찌푸렸을 뿐 아무 말 없이 달려 지나갔다. 오물과 시체는 종종 보던 것일 뿐이다.

곽오는 무사들이 지나가기를 기다렸다가 다시 수레를 끌기 시작했다.

무슨 일인지는 몰라도 어차피 자신과는 상관없이 돌아가는 일일 터였다.

수레를 끄는 곽오의 입에서 우는 건지 웃는 건지 모를 소리가 흘러나왔다.

"흐으으……."

곽오가 공허해진 눈으로 중얼거렸다.

"어차피 넌 죽었으니 듣지도 못하겠지만, 나는 말야. 진짜로 우리 백화절곡이 잘되길 바랐어. 내가 장로가 되어 백화절곡을 끌고 강호에 나가면 뭔가 대단한 게 될 줄 알았어."

달그락, 달그락.

"근데 그거 아냐?"

수레를 끌고 내려가며 곽오는 계속해서 혼잣말을 했다.

"강호에서 백화절곡은 아무것도 아냐. 그냥 강호 무림에 널린 그저 그런 삼류 문파야. 우리 백화절곡만 한 문파는 강호에 차고 넘치더라고."

곽오의 목소리에 자조 섞인 웃음이 섞였다.

"무림총연맹? 거기선 우리 같은 문파는 거들떠보지도 않아. 이 대단한 지독문도 무림총연맹에서는 하류에 불과해."

하지만 그 삼류라는 지독문에게 백화절곡은 멸문당했다.

곽오는 갑자기 말을 하다 말고 그 생각이 났는지 한숨을 쉬며 수레를 멈추었다.

"난 강호 무림에서 우리 백화절곡의 이름이 얼마나 별 볼 일 없는지 그걸 여기 와서야 알았어. 병신같이."

한탄하듯 말을 내뱉은 곽오는 잠시 숨을 골랐다.

"내가…… 그걸 미리 알았더라면 난 사부님을 배신하지

않았을까?"

잠시 말이 끊기고 말없이 수레만이 덜컹거렸다.

"아니. 사부는 내가 무슨 말을 해도 날 혼내지 않았어. 늘 칭찬하고 감싸 줬지. 그래서 내가 백화절곡 밖의 상황을 몰랐던 거야. 그러니까 내가 철부지가 된 건 내 탓이 아니라고!"

곽오의 목소리에는 울음기가 담겨 있었다.

달그락, 달그락.

한참을 수레를 끌고 길을 내려가던 곽오가 오르막길을 다시 오르기 시작했다.

뿌연 연기가 사방에서 피어오르고 있었다. 냄새가 매캐하고 앞도 잘 안 보여서 곽오는 꽤나 고생하며 수레를 끌었다.

"끙."

힘이 드는지 혼잣말도 더 이상 이어지지 않았다.

"쿨럭쿨럭!"

간혹 기침도 했다.

그러다가 곽오는 한참 만에야 수레를 세웠다. 오물을 버리는 곳에 도착한 것이다.

덜컹.

수레의 앞은 절벽이었다. 절벽 아래에서는 어마어마한

연기가 뭉게뭉게 피어오르고 있었다. 연기를 분출하는 화구(火口)들이 잔뜩이었다.

곽오는 때 묻은 천으로 입을 가렸다.

"잘 가라. 난 이렇게 오물이나 치우는 신세가 되었지만, 너라도 내세에서는 부디 고통 없기를……."

곽오가 수레의 손잡이를 들어 올리는 순간이었다.

"사알…… 려줘……."

곽오는 소름이 끼쳐서 동작을 멈추었다.

바람 빠진 목소리여서 잘 들리지 않았지만 곽오는 분명히 들었다. 진자강의 목소리였다.

곽오는 수레 안을 쳐다보았다. 진자강의 부은 눈이 아주 조금 떠져 있었는데 그 안에는 희미하나마 생기가 깃들어 있었다.

진자강이 살아 있는 것이 확실했다.

그 순간 무슨 생각이 들었던 것일까.

곽오는 수레를 더 힘껏 들어 올렸다.

"으, 으아아아! 죽어! 없어져 버려!"

적어도 그건 귀신을 보았다는 공포에서 기인한 반사 행동은 아니었다.

지난날 자신이 저질렀던 추악한 행위를 덮기 위한 몸부림.

과거의 흔적을 남겨 두지 않으려는 처절한 발악에 가까웠다.

진자강은 곽오를 향해 가냘픈 손을 뻗으며 절벽 아래로 추락했다.

곽오가 돌아서서 머리를 감싸 쥐고 주저앉았을 때, 진자강은 이미 유황 연기를 뿜어내는 화구들의 사이로 떨어져 보이지 않았다.

*　　*　　*

절벽 위에서 아래 화구까지는 십 수 장이 넘었다.

진자강은 비탈에 몇 번이나 부딪치며 굴러떨어졌다.

퍽! 퍼석!

부딪칠 때마다 유황으로 뒤덮인 비탈의 벽면이 소금 덩어리처럼 부서지며 가루가 날렸다. 그것이 운 좋게도 충격을 분산시켜 주었다. 조금씩 충격이 흡수되며 덜 튕기기 시작하더니 바닥에 도달할 즈음에는 거의 구르다시피 했다.

데구루루.

쿵.

진자강은 한참을 구르다가 바위에 머리를 부딪치고서야 구르기를 멈추었다.

푸스스!

머리에 부딪친 부분이 부서지면서 붉은색이 섞인 싯누런 유황 가루가 뿌옇게 비산했다.

第四章

유황지옥(硫黃地獄)

진자강의 벌려진 입으로 유황 가루와 부스러기들이 들어왔다. 쌉쌀하고 매운맛이 관통하듯 혀와 목구멍을 찔렀다.

"컥컥!"

진자강은 가루 때문에 숨이 막혀서 버둥거렸다. 팔다리를 움직이기가 힘들어 몸을 좌우로 흔들었는데, 다행히도 목에 뚫린 구멍으로 약간의 숨이 트였다.

그러나 사방을 자욱하게 메운 짜릿하고 매캐한 유황 연기가 목에 뚫린 구멍으로 들어오자, 이번엔 허파가 찢어질 듯 아팠다.

"큭, 끅."

목의 구멍과 입에서 연신 허연 거품이 나왔다.

이곳의 유황 연기는 진자강이 아는 다른 유황 지대의 연기보다도 몇 배나 독했다.

그렇다고 숨을 쉬지 않을 수도 없는 노릇이라 진자강은 할딱거리며 겨우겨우 극소량의 호흡을 이어 갔다.

어차피 몸을 움직일 수 없는 진자강으로서는 당장에 이곳을 벗어날 도리가 없었다.

진자강은 유황 연기 때문에 따가운 눈을 억지로 떠서 눈동자를 굴려 주변을 둘러보았다.

연기가 너무 자욱해 거의 보이지 않았지만, 당장에 자신과 함께 수레에서 쏟아진 곤충이나 독물의 사체, 껍질, 그리고 기타 오물들이 보였다. 그리고 유독한 유황 연기를 피워 내는 화구와 누런 바위, 기이한 황토색의 대지 일부가 연기 사이로 보였다.

생명체가 살 수 없는 죽음의 땅이 있다면 그 생김이 이러할까?

진자강은 위를 올려다보았다. 떨어진 절벽이 까마득하다. 몸이 멀쩡해도 올라가기 어려운 높이었다.

그래도 조금만 지나면 중독된 몸이 회복될 것이고, 그러면 어떻게든 움직여서 이곳을 벗어날 수 있을 것이다.

'살아남을 거야. 나는 살아남을 거야!'

진자강의 눈에서 마른 눈물이 흘렀다.

'용서하지 않아. 용서할 수 없어.'

자신을 가축 취급하던 망료의 눈빛과 자신의 간절함을 무시하고 최후까지 믿음을 저버린 곽오의 눈빛이 동시에 떠올랐다. 또한 진실을 밝힐 것처럼 거짓으로 협객인 척하던 무림총연맹의 조정관 백리중과 탄원감리 서길풍도.

절대로 그들을 용서할 수 없었다.

그러나 복수를 하려면 아직 넘어야 할 산이 많았다.

여기에서 살아남는 게 우선이고, 힘도 키워야 했다.

어떻게?

아직은 막막한 일이다.

그러나 언젠가는!

언젠가는 반드시 그들에게 대가를 치르도록 만들 것이다!

뜨거운 바닥이 몸을 늘어지게 만든 탓인지 아니면 이제 한숨 돌려 긴장이 풀린 탓인지, 마침내 진자강에게 수마(睡魔)가 찾아오기 시작했다.

절벽의 비탈을 구를 때에도 생생하던 정신이 서서히 가물거렸다. 몸 곳곳에서 아우성치는 것처럼 느껴지던 고통도 점차 무뎌져 갔다.

조금씩 눈이 감기기 시작했다.

'졸려…….'

진자강은 널브러진 채 깜박깜박 자다 깨다를 반복했다.

거의 의식의 끄트머리쯤 도착해서 완전히 잠들기 직전, 진자강은 문득 '왜?' 하는 생각이 들었다.

아침에 먹은 총명탕의 약효가 아직 남아 있어서 잠이 올 리가 없었다.

'뭔가…… 잘못됐어?'

불안한 생각에 덜컥 잠이 깨자 등줄기가 찌릿했다.

진자강의 잠들어 가던 의식이 한 번에 깨어났다.

머리가 깨어질 듯 아팠다. 독물의 독 때문에 아픈 느낌과는 사뭇 달랐다.

유황 연기의 독성 때문이었다.

겨우겨우 정신을 차린 진자강은 기겁했다.

해가 떠 있던 낮이 아니라 벌써 밤이었다. 시간이 얼마나 지났는지 알 수도 없었다.

그러나 더 놀란 건, 자신의 몸이 바닥에 파묻히고 있다는 사실 때문이었다.

'뭐야!'

이미 몸의 반이 바닥에 파묻혔다. 머리도 귀 바로 뒤까지 묻혔다.

분명히 아까는 딱딱한 바닥이었다.

그런데 지금은 바닥이 녹아서 꾸덕거린다.

'뜨, 뜨거워!'

저 밑에서 뜨거운 열을 가하듯 바닥이 끓는 느낌이다. 벌써 화상을 입은 듯 등이 쓰라렸다.

억지로 힘을 주어 손으로 바닥을 밀치려 해도 기운이 없고, 밀쳐지지도 않는다.

끈적거리지는 않으니 팔다리만 움직이면 어떻게 벗어날 수 있을 것 같은데 그게 안 된다. 팔다리에 추를 단 듯 너무 무거워서 도저히 몸을 일으킬 수가 없다.

'아, 안 돼!'

진자강은 산 채로 땅에 파묻히고 있었다.

그것도 아주 느릿하게 끓는 바닥에 지글지글 익어 가며.

이미 자신의 주변에 함께 떨어진 오물들은 파묻혀서 거의 보이지 않는다.

시간이 지나자 바닥이 녹는 속도가 더 빨라졌다. 진자강은 점점 더 파묻혀 갔고, 이미 파묻힌 몸의 부위는 참을 수 없을 만큼 뜨거워져 갔다.

살갗이 아려 오는 게 마치 피부가 타는 것 같았다.

진자강은 공포에 휩싸였다. 이제 누운 채로 귀까지 파묻혔다.

'으, 으아아아악!'

진자강의 입에서 소리도 없는 비명이 울려 퍼졌다.

*　　*　　*

망료의 방 안, 지독문의 무사들이 입구를 지키고 있는 가운데 곽오가 그 앞에서 오들오들 떨며 서 있었다.

망료는 상의를 벗고 침상에 엎드려 등에 뜸을 뜨는 중이었다.

얼추 해독을 마쳤지만 부작용은 아직 남아 고통이 심했다. 일그러진 얼굴 표정이 펴질 줄을 몰랐다. 한껏 초췌해진 얼굴과 헝클어진 머리카락은 망료를 한 마리의 상처 입은 야수처럼 보이게 만들었다.

"그래서……."

"저, 저는 그냥 시, 시체인 줄 알고 가, 갖다 버렸스, 습니다. 미, 믿어 주십시오. 제, 제가 그 시체가 지, 진자강인 줄 알았다면……."

곽오의 입에서 나온 변명이었다.

"알았다면?"

망료는 몸을 일으켜 침상에 앉아서 곽오를 쳐다보았다.

곽오가 눈을 들어 망료의 얼굴을 힐끗 보고는 기겁했다.

망료의 한쪽 눈가가 이상하게 검었는데, 그 위의 눈동자가 허옇게 희번덕였던 것이다.

"흐, 흐어억! 죄송합니다, 살려 주십시오! 어르신!"
곽오가 무릎을 꿇고 연신 바닥에 머리를 박았다.
"오오! 괜찮아, 괜찮아. 당당하게 일어나게나. 누가 뭐래도 자네는 백화절곡의 유일한 전승자가 아닌가."
망료의 따뜻한 목소리에 곽오가 떨면서 일어났다.
망료가 손짓했다.
"이리 와. 이리 와서 자세히 말해 보게."
곽오는 벌벌 떨며 다가가 공손하게 고개를 숙였다. 망료가 억센 손으로 곽오의 뒷덜미를 잡아당겼다. 엉거주춤하게 허리가 숙여진 곽오의 귀에 망료가 은근히 물었다.
"그러니까 그게 어디라고?"
"호, 혼천지(混泉地)입니다, 어르신."
"혼천지가 어디야?"
그 물음에는 지독문의 무사가 대신 대답했다.
"옆 봉우리의 중턱에 있는 유황 지대이온데, 본 문에서 나오는 폐기물들을 모두 모아 그곳에 버립니다."
"왜?"
"밤마다 뜨거운 지열이 올라와 유황석으로 된 땅바닥이 녹으면서 폐기물이 전부 쓸려가 버립니다. 낮이면 폐기물은 전부 사라지고 바닥은 원래대로 바위처럼 딱딱하게 굳어서 아무것도 남지 않습니다."

지독문의 무사가 조금 조심하면서 말을 이었다.

"남들에게 보이지 말아야 할 것들까지 깨끗하게 처리할 수 있어서 그곳을 이용하는 것으로 압니다."

망료가 갑자기 녹피 장갑을 끼면서 고개를 끄덕인다.

"그래, 그렇지. 그런 곳에 버려야 누구도 찾아낼 수 없을 거야."

말투가 좀 이상했다.

"거기다가 버렸다고 하면 누구도 찾을 생각을 못 하겠지……."

곽오가 놀라서 망료를 보았다.

"예?"

망료가 다 이해한다는 투로 말했다.

"괜찮다니까? 오랜만에 만난 사문의 동생인데 암, 도와줘야지. 도와줘야 하고말고."

"그, 그게 아닙니다요, 어르신!"

"난 자네 편이야. 그러니까 솔직히 말하게. 놈을 어디로 빼돌렸지?"

"전 모릅니다요. 전 모릅니다!"

망료가 희번덕이는 허연 눈동자로 곽오를 쏘아보았다.

"놈은 내 다리 하나를, 그다음엔 내 눈을 이렇게 만들었어. 나는 왜 그랬는지 놈에게 그냥 묻고 싶을 뿐일세. 이제껏 잘 돌봐 주었는데, 왜 배은망덕하게도 나한테 이런 짓을 한 거냐 하고 말이야."

"사, 살려 주십시오! 어르신!"

망료의 눈이 뒤집혔다. 이마에 핏발이 섰다.

"놈도 그랬지! 살려 달라고. 그래서 살려 줬어! 그랬더니 내 눈을 이렇게 만들었어! 네놈도 그 고통을 알아야 해!"

망료는 대뜸 곽오의 머리카락을 붙들어 당기더니, 뜸을 뜨기 위해 가져다 둔 화로(火爐)에 녹피 장갑을 낀 손을 집어넣었다.

그리고 다시 손을 꺼냈을 때 망료의 손에는 시뻘겋게 불이 붙은 숯이 들려 있었다.

겁에 질린 곽오가 사실을 말했다.

"시체가 지, 진자강인 건 알았습니다! 하지만 버린 건 사실입니다. 원래 시체는 다 거기다 버리니까 그냥 버리려고 했습니다."

"살아 있었을 텐데?"

"네네, 맞습니다! 시체인 줄 알았는데 살아서 말을 하길래, 너무 놀라 가지고 그냥 절벽에 던져 버렸습니다! 진짜예요!"

망료의 눈이 번뜩였다.

망료는 거침없이 불타는 숯을 곽오의 눈에 처박았다.

치이이이익!

살타는 냄새와 연기가 지독하게 피어올랐다.

"으아아아악!"

망료가 곽오를 밀어 버리고 지팡이를 짚으며 일어났다.

"살아 있어서 버렸다고? 어떤 미친놈이 그 말을 믿어. 네놈은 내가 우습게 보이냐?"

"으아악! 으아아악! 사실입니다! 사실입니다!"

곽오가 비명을 지르며 바닥을 굴러다녔다.

"거짓말이면 그 망할 혀부터 뽑아 주마!"

망료는 곽오의 허리를 걷어찼다. 곽오는 나동그라졌다.

"으어…… 으어어어."

소리는 줄었지만 비명은 줄어들지 않았다.

망료가 겉옷을 두르고 채비를 했다.

"가자! 내 눈으로 확인하기 전까지, 놈은 죽어도 죽은 게 아니야!"

하나 남은 외눈에 악독한 기운이 맺혀 있었다.

* * *

자정이 넘어 인시(寅時)가 다 되어 가는 시간이었다. 수많은 횃불이 혼천지가 있는 절벽 위에 몰려 있었다.

지독문의 무사 삼십 명과 장로급 고수 여럿이 동원되었다.

하나같이 입에 천을 둘렀는데, 그래도 유황 연기가 독해서 선불리 가까이 가지 못하고 있었다.

망료가 곽오를 질질 끌어 절벽 앞에 세웠다.

"여기가 맞느냐?"

곽오가 천으로 얼굴 반쪽을 감싼 채 기침을 하다가 울먹이며 대답했다.

"예, 맞습니다."

지독문의 비밀 추살 조직을 이끌고 있는 은교령(隱蛟鈴) 사흥삼이 절벽 아래를 내려다보다가 수염을 쓰다듬었다.

"쯧쯧. 이거 독연(毒煙)이 상당하구먼. 머릿수 채워 데려온 애들은 저 아래에서 못 버티겠는데?"

망료가 악에 받쳐 말했다.

"그럼 내려갈 수 있는 사람이라도 내려가야지!"

다른 고수들이 인상을 썼다. 일반 무사들이 내려가지 못하면 결국 자신들이 수색에 나서야 하기 때문이다.

"망 장로, 그깟 아이 하나 때문에 야밤에 이 무슨 소란이오."

"놈이 어떤 놈이든 저 아래에서는 살아남을 수 없을 것이외다."

망료가 이를 갈았다.

"그놈이 어떤 놈인데. 놈은 반드시 살아 있을 것이오."

지독문의 고수 중 한 명인 혈라수(血羅手) 묘옹이 말했다.

"게다가 지금은 땅바닥이 녹아 모든 잡것들이 다 쓸려 버리는 때가 아니오? 놈을 찾을 수 있겠소이까?"

다른 고수들도 끼어들었다.

"이미 가라앉았다면 어찌하오?"

망료는 '끙!' 소리를 내며 언성을 높였다.

"일단 가서 찾아나 보고 말을 하시오! 무엇이든 좋으니 놈의 흔적을 찾아보란 말이외다!"

지독문의 고수들은 다들 못마땅한 표정이었다. 귀찮은 투가 역력했다.

하지만 망료를 무시할 수는 없었다. 예전보다 위상이 낮아졌다고는 하나, 여전히 지독문을 이끄는 권력가 중 한 명이다. 가장 최근까지 지독문의 확장을 가장 선두에서 지휘한 게 바로 망료였다. 그 공은 함부로 무시하기 어렵다.

"가 봅시다."

지독문의 고수들이 체념한 듯 긴 장대를 두 개씩 들고 절벽을 뛰어내렸다. 어둡고 비탈이 미끄러웠지만, 그 정도는 감당할 수 있는 고수들이었다.

내공을 거진 소모한 데다 중독되어 기력이 약해진 망료는 혼천지의 독연을 감당하지 못해 절벽에 남았다.

직접 내려가지 못한 한을 풀고 싶었던 듯 매서운 한쪽 눈으로 여전히 고통스러워하는 곽오를 노려보다가, 이내 절벽 아래를 계속해서 주시했다.

*　*　*

진자강은 계속해서 가라앉고 있었다.

이제 바닥은 더 말랑해졌다. 얼굴만 남고 대부분이 파묻혔는데 파묻힌 몸이 뜨거워 견딜 수가 없었다.

진자강은 무서워서 이를 딱딱 부딪쳤다. 이대로 얼굴까지 파묻힌다면 제아무리 진자강인들 살아남을 도리가 없다.

'으으.'

한참 동안 천천히 파묻히고 있었기에 그 공포감 또한 극에 달해 있었다.

그런데 진자강은 조금 이상한 기분이 들었다. 아까부터 왠지 바닥이 움직이고 있는 듯했던 것이다.

아니, 기분 탓이 아니었다. 진자강의 몸은 점점 빠르게 떠내려가고 있었다.

겉 표면보다 땅속이 훨씬 더 뜨거워서 아래가 이미 액체 상태로 흐르고 있었던 것이다. 진자강을 감싼 표면은 고체인 덩어리째로 그 위를 떠서 흐르는 중이고.

옆에 튀어나온 바위가 보였다. 그쪽으로 옮겨 가고 싶어도 몸을 빼낼 수 없어 움직이질 못했다.

진자강은 유황 덩어리에 실려 냇물에 떠내려가듯 유황수 위를 흘렀다. 얼마 지나지 않아 원래 있던 장소에서 꽤 먼 거리까지 흘러가 있었다.

이제 진자강이 파묻혀 있는 덩어리도 서서히 녹아서 액체가 되어 가는 중이었다.

갑자기 속도가 빨라졌다.

다른 데에서 흘러온 유황수와 합쳐져 더 빨리 흐르고 있었다.

진자강은 억지로 고개를 틀어 발치를 내다보았다. 야음과 뜨거운 수증기가 시야를 가린 가운데 우연찮게도 한 줄기 달빛이 쏟아졌다.

덕분에 진자강은 발치에서 펼쳐진 경이로운 풍경을 목도할 수 있었다.

온통 반짝이는 녹색의 보석 같은 맑은 온천이 있었다. 사람 스무 명이 들어가면 가득 찰 법한 작은 온천이었다.

온천이 낮은 지대에 고인 형태였기에 가장자리는 사방에서 흘러든 싯누런 유황수와 유황수에 운반되어 온 유황의 덩어리들이 풍덩풍덩 쏟아졌다. 어마어마한 수증기들이 피어오른다.

평소에 보지 못했던 형형색색의 아름다움이 잠시나마 진자강의 눈길을 빼앗았다. 싯누런 유황수는 온갖 잡다한 이물질들을 싣고 와 온천에 함께 합쳐지고 있었는데, 그중에는 죽은 동물의 사체도 있었다.

진자강은 무심코 동물의 사체를 쳐다보았다. 동물의 사체는 풍덩 소리를 내며 떨어져 잠시 떠올랐다가 서서히 가라앉았다.

'으윽!'

그 모습이 마치 잠시 후의 자신인 것 같아 진자강은 등줄기에 소름이 끼쳤다.

'이대로 죽을 수 없어.'

작은 온천이었으나 깊이를 알 수 없었다. 온천에 빨려 들면 무슨 신세가 될지 뻔하다.

땅에 파묻혀 죽으나 물에 빠져 죽으나 매한가지다. 진자강은 온 힘을 다해 벗어나려고 버둥거렸지만 미끄러운 바닥엔 잡을 것이 없었다.

곧 발끝이 시원해지며 허공에 뜨는 기분이 들었다.

진자강은 아차 하는 사이에 가장자리에서 미끄러져 온천으로 떨어졌다.

풍덩!

전신이 불에 타는 듯 쓰라렸다.

'으아아아!'

진자강은 팔다리를 허우적거렸다.

오른손에 뭔가가 걸렸다. 진자강은 온 힘을 다해 그것을 붙들었다. 소나 돼지의 뼈 같았는데 희한하게도 단단하게 걸려 있었다.

진자강에게는 천만다행인 일이었다.

조금 자고 일어났다고 몸에도 약간 힘이 생겼다. 하지만 뼈를 붙들고 몸을 일으켜 당길 힘까지는 없었다.

부글부글.

목에서는 공기 거품이 계속 샜다.

시간이 없었다. 진자강은 필사적으로 오른손에 의식을 집중했다.

정수리의 백회에서 견정혈을 거쳐 오른손 새끼손가락까지 이어지는 한 가닥의 길.

망료가 뚫어 준 그 기혈로 실낱같은 기운이 흘렀다.

조금이나마 힘이 더해졌다. 진자강은 숨이 막혀 와 더 이상 숨을 쉴 수 없을 정도까지 오른팔에 최대한 기운을 끌어모은 후, 뼈를 지지대 삼아 몸을 위로 당겼다. 워낙 뼈가 굵고 커서 진자강의 무게가 버텨졌다.

"푸하!"

진자강은 마침내 온천수 위로 머리를 들어 올릴 수 있었다.

겨우 온천수 위로 고개를 내밀고 숨을 몰아쉬는데 유황 연기와 독기가 한꺼번에 들어와 숨이 막혔다.

"허억, 끅끅."

머리가 핑 돌았다. 진자강은 섣불리 몸을 움직이지 않고 잠깐 기다렸다가 상황을 확인하기로 했다.

눈을 뜨니 온천물이 들어가 따끔거렸다. 진자강은 통증을 참고 눈을 꽉 감았다가 다시 떴다.

진자강이 잡고 있는 건 소뼈가 맞았다. 죽은 소의 뼈가 온천의 가장자리 벽에 통째로 박혀 있었다. 머리 쪽이 벽에 박혀 있고 갈비뼈가 몇 개나 튀어나와 온천에 잠긴 채였다.

아마도 소의 사체가 떨어지다가 어디에 걸렸는데 그 위로 계속 유황이 쌓이면서 굳어 버린 게 아닐까 싶었다.

잠깐 동안 달이 구름에 가려져서 아무것도 보이지 않았다.

진자강은 다시 기다렸다. 달이 구름 밖으로 나왔을 때 보니, 소머리가 박혀 있는 쪽 벽에 굴 같은 공간이 있었다. 안쪽으로 움푹 팬 작은 바위 굴이었다.

진자강은 소의 뼈를 붙들고 발로 디디며 겨우겨우 몸을 작은 굴에 걸쳤다.

기운을 모았다가 한 번에 몸을 일으켜 굴로 들어갔다.

"헉헉."

굴 안쪽엔 유황 연기와 수증기가 잔뜩 고여 있어서 숨을 쉬기가 곤란했다.

진자강은 소뼈를 잡고 머리만 굴 밖으로 내밀어 숨을 쉬었다.

지열이 높아져 뜨거운 돌바닥에 닿은 전신이 쓰리고 아팠다. 온천물에 닿았던 살갗이 다 벗겨졌다. 이곳저곳 물집이 생겨 부풀어 올라 있기까지 했다.

언뜻 맑아 보이는 이 온천수는 지독문이 수백 년이나 버린 오물이 최종적으로 모인 곳이다. 단순한 오물뿐만 아니라 독을 시험한 갖가지 동물의 사체나, 중독된 사람의 시체, 직접 사육하고 있는 독물들의 사체 그리고 사용하다 만 온갖 독 같은 것들도 버려진다.

그러나 이내 온천의 높은 산도(酸度)가 하루면 모든 것을 깨끗하게 녹여 버리고 마는 것이다.

진자강의 살갗 역시 마찬가지였다.

"으으."

진자강은 전신이 쓰라리고 아파서 고통의 신음을 흘렸다. 망료의 손에서 탈출했으나, 여전히 독으로 인해 고통스럽기는 마찬가지였다.

바닥과 벽은 온통 유황기가 남아 있는 뜨거운 돌이어서 닿기만 해도 쓰라렸다. 벗겨진 살갗에 뜨거운 수증기가 닿으면 소스라치게 아파서 비명을 지를 뻔도 했다.

진자강은 마치 갇힌 공간에서 훈증되고 있는 거나 다름이 없었다.

이곳은 지옥이었다.

진자강은 탈진해서 엎어졌다.

이제는 지쳐서 눈물도 나지 않았다.

이만큼 버텼으면 모든 걸 다 포기하고 죽어 버린다 한들 아무도 진자강을 욕할 수 없을 것이다.

진자강은 설움이 복받쳐서 끅끅하고 신음 같은 울음을 냈다.

그러나 갑자기 앞쪽 온천의 수면에 길게 비친 그림자에 진자강은 소름이 끼쳤다.

왜 갑자기 그림자가 생겨나는가!

진자강은 울음을 멈추고 황급히 목과 입을 틀어쥐었다.

긴 장대 두 개를 목발처럼 양쪽에 낀 사람들의 그림자였다. 장대를 이용해 흐르는 유황수를 건너고 있었다.

금세 말소리가 들려왔다.

진자강의 바로 머리 위쪽이었다.

“여긴가?”

“유황이 녹아 이곳 온천으로 흘러드는군.”

“독기가 상상외로 지독해. 우리도 오래 못 버티겠어.”

입을 가리고 하는 말들인데도 소리가 똑똑하게 들려온다. 내공이 정순한 고수들이다.

그만한 고수들인데도 대화 중에 간혹 쿨럭대며 기침을 했다. 그만큼 독기가 심했다.

"망할, 숨을 못 쉬겠네. 이런 곳에서 놈이 살아남았을까?"

"어떻게 말인가? 이 독기를 반나절이나 견뎌 냈을 거라고?"

"망 장로가 말한 대로라면 살아남을지도 모르지. 오채오공에게 물리고도 산 놈이라잖은가."

"오채오공도 이 독천(毒泉)에 던져 놓으면 살아남을 순 없을걸?"

목소리들이 껄껄대고 웃었다.

"망 장로야 집착할 만도 하지. 그 귀한 오채오공을 손실해서 심한 문책을 당한 데다 다리까지 잃었으니. 아, 이제는 한쪽 눈도 멀어 버렸지?"

"그놈이 살아 있다면 내가 데려다 제자로 삼고 싶구먼."

"아서. 망 장로가 놈을 얼마나 끼고도는지 알면서."

"그렇군. 껄껄! 하지만 상관있겠나. 지금쯤은 어차피 저 온천 바닥 어디엔가 가라앉아 버렸을걸."

"내일이면 흔적도 없이 녹아 버리겠군."

"이 정도면 찾아볼 만큼 찾아봤네. 자, 가세."

달빛에 비친 그림자들이 긴 장대를 번갈아 땅에 박으며 날렵하게 이동해 사라져 갔다.

진자강은 지독문이 자신을 여기까지 찾아왔다는 데에 놀라서 질렸고, 한편으로 더 이상은 찾아오지 않을 거라는 걸 알았기에 안도했다.

너무 지친 탓에 진자강은 굴 입구에서 그만 잠이 들었다.

* * *

진자강은 온몸을 쑤시는 고통 속에서 쪽잠을 자고 깨어났다.

일어나니 눈이 환했다. 아침이 된 모양이었다.

그런데 바닥이 찰박찰박했다.

'아파!'

온천수가 차올라 살에 닿아 있었다. 닿은 부분이 시뻘게져 있었다. 놀라서 몸을 일으키고 밖을 보니 굴 입구까지 온천수가 차올라 있다.

온천의 수위가 지난밤보다 훨씬 높아졌다.

진자강은 허둥대다가 굴 밖과 안을 차례대로 쳐다보았다.

결정해야 했다.

온천으로 나가 헤엄을 쳐서 나가든지, 아니면…….

그러나 온천수에 닿으면 너무 아팠다. 각질 정도는 금세 녹아 버릴 지경이라 엄두가 나지 않는다.

헤엄칠 기운이 없다는 것도 큰 걸림돌이었다. 온천은 그리 넓지 않았지만 중간에 힘이 떨어지면 그대로 가라앉을 테고, 그렇게 되면…….

진자강은 몸을 부르르 떨었다. 생각만 해도 끔찍한 일이었다. 죽는 것도 두려웠지만 더 두려운 건 아무것도 하지 못하고 그냥 죽어 버리는 것이다.

진자강은 몸을 돌려서 굴 안쪽으로 기어갔다. 굴이 다행히도 약간 위쪽으로 경사져 있어 마음이 놓였다.

온천수는 계속해서 차올랐다. 진자강의 느린 속도를 쫓아 발끝에서 계속 찰랑댔다.

어느 정도 기어오르니 온천수는 더 이상 차오르지 않았다.

하지만 굴 안쪽은 여전히 유황 연기와 수증기로 가득하다.

심하게 허기가 졌다. 배도 고프고 목도 말랐다. 목의 붓기가 가라앉고 목에 난 구멍도 대충 아물었지만, 숨 쉴 때마다 허파가 뜨겁고 매캐해서 힘든 건 여전했다.

진자강은 현기증을 느끼며 바닥에 엎드렸다.

바작.

손에 뭔가가 만져졌다.

'으응?'

다행히도 들어찬 온천수로 인해 굴 안쪽까지 난반사된 희미한 빛이 있었다. 그 희미한 빛에 의존해 진자강은 손에 만져진 것을 확인했다.

언뜻 유황 덩어리처럼 보이는 색과 모양인데 곰팡이처럼도 보이는 희한한 것이었다. 덩어리가 져 있어서 이끼 같기도 했다. 손가락으로 뜯어 보니 결대로 찢어지는 것이 꽤나 익숙한 촉감이다. 그것들이 굴 벽과 바닥에 도톨도톨 계단식으로 붙어 있다.

'버섯?'

진자강은 허겁지겁 버섯을 뜯었다.

버섯 종류라면 독버섯이라도 먹을 수 있다. 어지간한 독버섯은 버틸 수 있다. 어쨌거나 망료가 만들었던 독버섯 죽보다는 나을 것이다.

진자강은 버섯을 잔뜩 쥐고 먹으려다가 잠깐 고민했다.

배고픔을 참고 그중에서 조금만 뜯어 맛을 보았다.

시고 쓰고 맵고 텁텁했다.

이미 유황 연기가 가득 찬 굴이지만, 유독 더 심하게 코끝을 찌르는 유황 냄새가 났다.

'유황주름구멍버섯?'

백화절곡에서는 유황주름구멍버섯을 법제해서 약용하기도 했다. 보통 나무에 붙어 나는 버섯이었다.

당연히 생으로 먹었으니 독성이 있어 배가 아렸다. 그래도 못 먹을 정도는 아니었다.

배고픔을 참고 기다리던 진자강은 한 식경이 지나도 큰 이상이 없자 손에 쥔 나머지 버섯도 다 먹어 치웠다.

으적으적.

부드럽고 쫄깃한 식감이 제법 괜찮았다.

배가 온통 후끈거렸지만 허기는 면했다. 그제야 기운이 좀 나는 듯했다.

사방천지에 유황주름구멍버섯이 잔뜩이라 당분간 먹을 것 걱정은 하지 않아도 될 것 같았다.

대신 목이 말랐다.

온천물이 바로 아래 발치에서 찰랑대지만 어제 겪어 본 바 저 물은 함부로 마시면 안 되는 물이다.

하지만 갈등이 생겼다.

'조금만…… 아프면 되지 않을까.'

진자강은 너무 목이 말라서 모험을 강행하기로 했다. 온천수에 몸을 기울여 손을 물에 담가 보았다.

저릿저릿!

순식간에 피부가 녹아내리는 듯한 기분이 들었다.

"흐윽!"

진자강은 얼른 손을 뺐다. 손이 화끈거렸다.

아무래도 이 온천수는 못 먹는다. 독기는 둘째 치고 식도와 위장이 녹아 버릴 수도 있었다.

'물이 필요해.'

갈증이 오래되면 위험하다.

진자강은 퍼뜩 생각이 떠올랐다.

수증기가 피어오르면 물방울이 맺히는 것을 생각해낸 것이다. 그런 거라면 먹어도 괜찮을지 모른다.

진자강은 숨도 참고 천천히 천장을 더듬었다. 유황주름구멍버섯이 잔뜩이라 습기가 적었다.

좀 더 안으로 들어갔다.

점점 굴이 좁아져서 어깨가 낄 정도가 될 즈음.

퐁.

아주 작게 물 떨어지는 소리가 났다.

굴 천장에 매달린 작은 종유석이 보였다. 그리고 그 아래에 조그맣게 고인 웅덩이가 있었다.

웅덩이에 고인 물은 겨우 한 바가지 정도의 양밖에 되지 않았다.

진자강은 웅덩이에 고인 물의 냄새를 맡았다. 놀랄 만큼 좋은 향기가 났다. 분명 유황의 냄새는 맞는데 매캐하지도, 톡 쏘지도 않았다. 이상할 정도로 상서로운 기운이 느껴졌다.

그래도 혹시 몰라 손가락으로 조금 찍어 맛을 보았다. 약간 쌉쌀하지만 청량하고 맑은 맛이 났다.

시간이 좀 지나도 아무런 이상이 없었다.

그제야 진자강은 몸을 구부려 한 모금을 마셨다.

꿀꺽.

청량한 기운이 식도를 타고 배로 들어갔다. 그윽한 유황의 향이 입에서 진동을 했다.

그것만으로도 갈증이 가시고 유황주름구멍버섯 때문에 아렸던 속이 편안해졌다.

희한한 일이 아닐 수 없었다.

기분이 매우 상쾌했다.

'그런데 왜 이렇게 졸리지?'

어차피 이곳은 누군가 찾아 들어오기도 어려운 곳이다.

실로 오랜만에 진자강은 마음 놓고 잠들 수 있었다.

* * *

진자강은 굴 안에서 버섯을 캐 먹고 고인 물을 마시며 한동안을 버텼다.

왜인지 향기가 나는 고인 물을 마시면 졸음이 쏟아져서 거의 밤낮없이 잠이 들었다. 그러나 그렇게 일어나고 나면 너무 개운하니 신기한 일이었다.

몸이 점점 회복되는 걸 느끼며 진자강은 굴 안에서의 생활을 계속해 나갔다.

이미 버티고 기다리는 데에는 이력이 나 있다. 여차하면 자신에 대한 존재를 완전히 잊을 때까지라도 기다릴 생각이었다.

* * *

진자강이 달아난 지 벌써 일주일이 지났다.

망료는 닭다리를 잡고 닭을 크게 반으로 뜯어 한입 왕창 씹었다. 잘 삶은 닭껍질이 부드럽게 찢어졌다.

와구와구.

먹는 모습이 어딘가 화가 난 사람 같았다.

앞에 앉아 함께 식사를 하던 은교령 사흥삼이 추잡스럽게 먹는 망료를 보고 혀를 찼다.

"망 장로, 먹는 것에 화풀이하시는 거요? 이제 그만 화를 푸시오. 놈은 죽었소. 일주일이 넘었으니 지금쯤은 한 줌 독수로 녹아 버렸을 것이오."

"뭐? 놈이 죽었다고?"

망료의 눈에 불이 켜졌다.

"놈은 죽지 않았다! 분명히 살아 있어! 혼천지 어딘가에 반드시 숨어 있을 것이야!"

망료는 갑자기 벌떡 일어나더니 먹던 닭다리를 바닥에 내팽개쳤다. 그러곤 바닥에 팽개친 닭다리에 침을 뱉었다.

"카악! 퉤퉤퉤!"

그것도 모자라서 방방 뛰면서 흙발로 닭다리를 마구 짓밟기까지 했다. 그러더니 그걸 집어서 옆에 둔 작은 나무통에 던져 넣고는 그 위에 침을 뱉었다.

나무통에는 이미 구운 돼지 다리며 수육이며 먹다 버린 요리들이 들어 있었다. 죄다 한 입 먹고 두 입 먹다 말고 버린 것이다.

그 더러운 광경에 사홍삼은 입맛이 다 떨어졌다. 사홍삼은 찡그린 얼굴로 젓가락을 놓았다.

"에잉! 먹으려면 다 먹든지, 도대체 그게 뭐요?"

입맛이 떨어진 사홍삼은 식사를 중단하고 나가 버렸다.

곧 하인들이 들어와 그릇들을 치웠다.

망료가 식탁 옆에 둔 나무통을 가리켰다.

"저건 곽오에게 따로 가져다 버리라고 해."

"알겠습니다."

망료가 흐뭇하게 웃었다.

"껄껄껄껄! 네 이놈. 네놈이 굶다 보면 이거라도 먹지 않고 배길 수 있겠느냐!"

*　　*　　*

잠에서 깬 진자강은 굴 안의 온도가 올라가는 걸 느꼈다. 밤이 되어 땅의 온도가 높아진 모양이다.

마침 굴 안에 차올라 있던 온천수도 거의 다 빠진 터라 진자강은 오랜만에 바깥 공기도 쐴 겸 굴 입구 쪽으로 기어 나갔다. 밤이 되어 온천의 수위는 굴 아래까지 떨어져 있었다.

뚝. 뚝.

서서히 녹기 시작한 유황의 대지가 녹아서 온천으로 떨어지고 있었다. 시간이 흐르면서 바닥은 더 뜨거워지고 유황이 녹아 떨어지는 속도도 빨라졌다.

풍덩풍덩.

유황은 물론이고 지독문에서 버린 온갖 쓰레기가 흘러와 온천으로 떨어지고 있다.

그런데 그때 진자강의 코에 고소한 한 가닥의 냄새가 와 닿았다. 그것은 톡 쏘는 유황의 유독한 냄새 가운데에서 유일하게 정상적인 냄새였다.

'으응?'

진자강은 굴 밖으로 상체를 빼내어 온천을 살펴보았다.

매일 유황의 매캐한 냄새만 맡다가 제대로 된 음식 냄새는 오랜만이었다.

납작한 나무통 하나가 반쯤 부서진 채 떨어져 둥둥 떠 있었다. 거기에서 고소한 냄새들이 난다.

나무통에는 음식들이 담겨져 있었다. 넓지 않은 온천이었기에 어찌어찌 손을 뻗으면 닿을 듯해 보인다.

"끄응."

진자강은 한껏 팔을 뻗었다. 소뼈를 잡고 몸을 기울여 나무통을 당겼다.

나무통 안에는 다 먹고 버린 쓰레기들이 있었다. 통째로 구운 것 같은 돼지의 다리는 다 뜯어 먹어 뼈만 남았고, 닭도 뼈만 발려져 있었다.

살점은 하나도 없었다.

"완전히 잔치를 벌였나 보네."

제대로 된 음식을 먹어 본 지 오래되어 입에 침이 고였다. 진자강은 코를 가져다 대고 냄새를 맡았다.

뼈만 남았는데도 고기 냄새와 볶은 기름 냄새가 났다.

"쩝."

먹고 싶었지만 먹을 게 없었다.

진자강은 나무통을 들어서는 거꾸로 뒤집어 뼈들을 탈탈 털었다. 아쉬움을 버리고 나무통을 온천수에 넣고 헹궜다.

"그렇잖아도 변소 때문에 불편했는데 이건 잘됐다."

第五章

앙독(仰毒)

굴에서 생활한 지도 벌써 근 한 달이 되었다.

아무런 일이 없이 먹고 자고 하며 시간을 보내던 진자강에게 변화가 생겼다.

좁은 공간에서 한 달 내내 뜨거운 유황 수증기의 훈증을 받으며 생활했던 진자강이었다. 그래서 툭하면 피부가 익고 살갗이 벗겨지고 까졌던 것이다.

한데 며칠 전부터 벗겨진 자리에 딱지가 앉기 시작하더니 딱지가 전신으로 번졌다. 이제는 징그럽게도 몸 전체에 새까만 딱지가 앉아 있는 상태였다.

진자강은 무표정하게 팔을 비벼 딱지를 떼어 냈다.

딱지를 억지로 벗겨 낼 때의 아픔 정도는 수많은 고통을 겪었던 진자강에게 하찮은 아픔이다.

그런데 아프지가 않았다. 손으로 비비자 딱지가 그냥 허물처럼 벗겨져 나온다.

더 놀라운 건 딱지가 벗겨진 아래의 피부였다.

새하얗다.

"……피가 안 나네?"

며칠 전만 해도 살갗이 다 까져서 피가 맺힌 속살이 불그스름하게 드러나 있던 팔이었다.

진자강이 팔을 벅벅 긁자 다른 딱지도 벗겨졌다. 역시나 드러난 부분은 하얗고 매끈했다.

가슴과 배도 긁어 보았다. 딱지가 떨어지고 난 곳은 여지없이 하얗다. 오채오공 때문에 생긴 검푸른 얼룩도 수많은 독물에 물린 상처도, 아무것도 남아 있지 않았다.

딱지를 벗긴 부분은 아이의 살처럼 매끄럽고 부드럽다. 잡티나 흉도 없고 약간은 창백하다 싶을 정도로 하얀 피부만이 남아 있을 뿐이었다.

얼굴을 만졌더니 얼굴도 온통 딱지투성이다. 머리가 허전해서 머리를 만졌더니 머리도 마찬가지다. 딱지 때문인지 머리카락이 우수수 빠졌다.

진자강은 조금 겁이 났다.

머리에 앉은 딱지를 밀었더니 머리카락과 함께 딱지가 벗겨지고 안이 까칠까칠한 게 새 머리카락이 나고 있다. 머리카락이 다 빠진 건 무서웠지만 새 머리카락이 나고 있다는 건 나쁜 징조는 아니다.

"……."

뭘까?

진자강은 어제와 오늘의 자기가 어딘가 다르다는 걸 깨달았다.

몸도 가뿐하고 기분도 상쾌했다. 매일 조금씩 회복이 되어 체감하지 못했을 뿐 망료 때문에 상했던 몸도 거의 다 나았다.

진자강은 이제 거의 바닥을 드러내 버린 웅덩이를 쳐다보았다. 어렴풋이 저 안에 고여 있던 물이 자기의 신체에 영향을 주었을 거란 생각만 들 뿐이다.

진자강이 이제껏 마셔온 그 물은 사실 수천, 수만 년에 걸쳐 유황의 정수(精髓)가 모여 만들어진 곤륜황석유(崑崙黃石乳)였다.

피부에 새살이 돋아난 것도 바로 곤륜황석유 때문이었다. 본래 유황이 새살을 나게 하고 뼈를 튼튼히 하며 피부를 매끄럽게 만드는 효능이 있는 것이다.

진자강은 아랫배를 만졌다.

한 달 사이에 밤톨만 한 돌멩이가 뱃속에 들어앉은 것 같았다. 그러나 가히 불쾌하거나 한 기분은 아니다.

"여긴 단전인데……."

백화절곡도 명색이 강호에서 살아가는 문파인데 진자강이 내공에 대해서 모를 리 없었다.

그러나 내공심법도 익히지 않았는데 왜 단전에 내공 비슷한 게 생겼단 말인가?

제대로 된 내공심법을 배운 적도 없거니와 진자강의 기혈은 망료가 뚫어 준 곳 말고는 모두 막혀 있는데 말이다.

"그래도 혹시 모르니까."

진자강은 단전의 돌멩이를 내공처럼 움직여 보려 애썼다.

"끄응!"

돌멩이의 기운은 잔뜩 엉킨 실타래처럼 움직이지 않았다.

거의 한 시진을 끙끙댔지만 별 소용이 없었다.

"역시 안 될까?"

진자강은 고개를 갸웃했다.

그때 갑자기 단전이 울렁! 하고 흔들렸다. 약간의 기운이 미세하게나마 움직인 게 느껴졌다.

곤륜황석유의 기운이 단전에 쌓이는 과정에서 단전과 위장의 길이 강제로 연결되며 족양명위경(足陽明胃經)의 기혈에 미세한 통로가 생겨 있었다.

"어?"

진자강은 희망을 가졌다. 함부로 내기(內氣)를 순환시키면 주화입마에 들 수 있다는 건 알고 있지만, 지금은 돌보아 줄 스승도 없는 상황이다.

자신의 행동이 어떤 결과를 가져올지 전혀 모르지만 아무것도 안 하는 것보다는 낫다는 생각이 들었다.

진자강은 아예 가부좌를 틀고 자세를 잡았다.

단전에서 다시금 실타래의 끄트머리를 잡아 위장으로 끌어 올려 보았다. 일반적인 내공과는 달라서 당기다가 뚝 끊어지는 듯한 기분이 들었다.

까끌까끌한 느낌의 그 기운이 위장으로 올라왔다. 너무 기운의 양이 적어 눈곱만큼의 감각밖에 느껴지지 않았다.

진자강은 감각을 잃지 않기 위해 최대한 집중했다. 그 기운이 내공이라 믿고 전신 기혈에 순환시켜 보려 했다.

하지만 그것은 사실 내공도 아니었고, 진자강의 기혈은 여전히 막혀 있었다. 하물며 그 기운을 어느 쪽으로 움직여야 할지도 모르는 진자강이다.

결국 그 기운은 족양명위경의 기혈을 타고 오른쪽 어깨까지 올라온 후, 망료가 뚫어 놓은 팔의 기혈을 통해 오른손 새끼손가락까지 이동했다.

거기에서 이동이 끝났다. 어떻게 해도 더 이상은 그 기운을 움직일 수 없었다.

진자강은 눈을 떴다.

"후우."

의외로 힘이 들었다.

갑자기 오른손 새끼손가락이 뻐근해졌다.

진자강이 손가락을 보니 새끼손가락의 손톱 뿌리 부근이 물집이라도 생긴 것처럼 살짝 부풀어 있었다.

"으응?"

망료가 칼로 째어 독을 뽑아낸 부위다. 총명탕 때문에 기절도 못 한 탓에 망료가 했던 행위는 전부 기억하고 있었다.

진자강이 가만 지켜보고 있으니 뻐근한 건 계속되는데 부어오른 건 좀처럼 가라앉을 기미가 보이지 않는다.

'혹시…….'

진자강은 손가락의 딱지를 벗겨내고 부푼 부분을 이빨로 세게 물어뜯었다.

살점을 뜯자마자 유황의 향이 그윽하게 풍겼다. 매캐하게 풍겨 오는 유황 냄새하고는 다른 느낌이다.

이어 상처에서 살짝 피가 나다가 투명한 액이 맺혔다. 뱃속의 단전에서부터 올라온 기운이 체내의 진액에 녹아 나온 것이다.

일전에 망료는 이 액을 귀하다는 듯 받아 챙겼었다.

진자강은 투명한 액을 가만히 보고 있다가 혀로 살짝 핥아 보았다.

쌉싸래한 유황 맛만 미미하게 날 뿐, 별다른 맛이 나지 않았다.

"뭐지?"

왠지 굉장히 쓸데없는 짓을 오랫동안 한 것 같은 기분이었다.

"쳇. 역시 안 되나 봐."

진자강은 한숨을 길게 내쉬고 굴의 좁은 공간에 벌러덩 누웠다.

피부에 딱지가 앉은 후부터 진자강을 훈증하던 수증기와 유황 연기는 더 이상 진자강을 괴롭힐 수 없었다. 이젠 조금 쓰리거나 귀찮은 정도지 아프지도 않다.

진자강은 지금의 상태가 전혀 불편하지 않았다.

오히려 이 공간이 아늑하기만 했다.

그래도 마냥 여기에 머무를 수는 없다. 버섯은 아직 많이 남았지만 마실 물이 다 떨어져서 조만간 나가야 할지도 몰랐다.

문제는 지독문이 아직 자길 포기하지 않았을까 그게 걱정이었다.

비록 독에 강한 몸이 되었다고 해도 진자강은 여전히 열

살 어린아이고, 힘으로는 보통 성인 남자 한 명도 이길 수 없는 평범한 소년에 불과했다.

'무공을 배우면 좋을 텐데.'

그러나 망한 문파의 후손에게 누가 무공을 가르쳐 준단 말인가. 그것도 무림총연맹과 지독문에 찍혀 멸문된 문파의 후손을.

'어떻게든 힘을 길러야 해.'

물론 그 '어떻게' 라는 게 가장 큰 문제였다.

한데…….

진자강이 복수에 대한 생각을 하고 있는데, 슬슬 배가 싸르르 아파 온다.

"어어? 뭐지?"

괜히 소주천을 한답시고 설쳤다가 뭐가 잘못된 걸까?

"어어어?"

그냥 아픈 정도가 아니라 제법 심각하게 아팠다. 이건 진자강의 경험상 망료가 극독을 먹였을 때 생겼던 증상들이다.

진자강은 누워 있지도 못했다. 배를 붙들고 몸을 옆으로 누웠다.

"으윽."

고통 때문에 이마에서 땀이 줄줄 흐른다.

"으으으으!"

진자강의 눈이 휘둥그레졌다.

"꺼억! 꺼꺽!"

목이 타고 창자가 뒤틀리며 배가 찢어지는 듯 아파 왔다. 진자강은 급히 손가락을 목구멍에 넣었다.

"우엑! 우에엑!"

토해 낼 게 없어 위액만 나왔다. 위액과 함께 입에서 피거품이 흘러나왔다.

"끄아아악!"

진자강이 배를 붙들고 버둥거렸다.

몸이 버티기 힘들어한다는 건 눈이 침침해지는 걸로 이미 알 수 있었다. 코에서도 피가 흘렀다.

도대체 뭐지?

망료가 먹인 특제 총명탕의 부작용 때문에 아무리 고통스러워도 진자강은 기절할 수 없다. 머릿속으로 계속 자기가 뭘 잘못했는지, 무엇 때문에 이런 일이 생겼는지 의심하고 고민하게 된다.

'저 고여 있는 물 말고 따로 음식 같은 걸 먹은 것도 없는……!'

아니, 있다.

새끼손가락 끝을 찢어서 혀로 핥은 한 방울의 투명한 진액.

진자강은 소름이 돋았다.

'설마!'

망료가 먹였던 것 중에 지금과 비슷한 증세와 통증을 가져왔던 것이 기억난다.

비상(砒霜)이었다.

사약을 만들 때 쓰는 바로 그 독이다.

이곳 혼천지를 이루고 있는 지형의 대부분은 유황석이고 그중에도 석웅황(石雄黃)이 많이 포함되어 있다.

그러니 자연적으로 진자강이 마신 곤륜황석유에도 석웅황의 성분이 가장 많이 녹아 있을 수밖에 없었는데……

그 석웅황이 다름 아닌 비상의 주재료인 것이다.

본래 유황은 좋은 기운과 나쁜 기운을 모두 가지고 있어서, 법제를 통해 좋은 기운만 뽑아내어 쓴다. 한데 진자강의 몸은 기혈이 막혀서 독기가 통하지 않으므로 좋은 기운은 서서히 흡수되었지만, 독기는 고스란히 남아 단전에 쌓이게 되었다.

결국 진자강이 단전에서부터 끌어 올린 것은 내공이 아니라 석웅황의 독기였다. 그 독기를 끌어 올려 손가락으로 빼낸 것이 방금의 결과를 낳았다.

진자강은 고통에 몸부림치다가, 엉뚱한 생각이 났다.

'몸에 있던 걸 새끼손가락으로 빼냈다가 그걸 다시 먹어서 이렇게 된 거잖아. 그럼 지금 먹은 걸 또 빼낼 수 있지 않을까?'

가만히 두어도 한나절이면 사그라질 테지만, 그때까지의 고통이 이만저만이 아닐 터이다.

진자강은 고통스러운 와중에도 정신을 집중했다.

'할 수 있다! 할 수 있어!'

정신을 집중하니 위장에 스며든 독기가 느껴진다. 까끌까끌한 밤송이 같은 독기다.

워낙 진자강의 기혈 대부분이 막혀 있기 때문에 위장에 스며든 밤송이 같은 독기가 길을 잘 찾지 못하고 이리저리 충돌하며 날뛰고 있었다.

쿵쿵쿵, 마치 뱃속에서 북이라도 치는 듯한 기분이 들었다.

진자강은 그 기운을 읽었다.

지금 위장에서 이어지는 길은 두 군데뿐이다.

아래쪽의 단전으로 향하거나 위쪽 어깨로 가는 길이다.

진자강은 위쪽의 길을 열었다.

날뛰던 독기가 기다렸다는 듯 위로 솟구쳤다. 어깨로 이어져 다시 오른팔로, 새끼손가락으로 쭉 이동했다.

거짓말처럼 통증이 가셨다.

독기를 완전하게 다 옮긴 것은 아니고 일부는 도중에 소실되기도 했고, 아직 위장에 남아 날뛰고 있는 놈도 있었지만 아까보다는 많이 나아졌다.

진자강은 길게 숨을 내쉬었다.

다소 진정하고 나서야 몸을 일으킬 수 있었다.

"끙."

아직도 뱃속이 후끈하고 얼얼한 것이 조금 전의 고통을 말해 주는 것 같았다.

진자강은 오른손을 들어 보았다.

새끼손가락의 손톱 뿌리 부근 소택혈에 투명한 액이 살짝 피와 함께 엉겨서 맺혀 있었다.

방금 옮긴 독기가 이빨로 찢은 구멍을 통해 그대로 다시 나온 모양이다.

저 한 방울도 되지 않는 적은 액이 그렇게 자기를 괴롭혔다는 게 믿어지지가 않는다.

물론 저 한 방울도 되지 않는 액은 독기가 농축된 정수이기 때문에 상상보다 훨씬 어마어마한 독기를 품고 있는 것이었지만 말이다.

진자강은 원수를 노려보듯 액을 노려보았다.

한참이나 노려보는데 과연 그것이 아까의 그 독이 맞을

까, 방금까지 위장에 있던 놈일까, 효과가 변하지는 않았을까 궁금해졌다.

궁금증을 참기 힘들었다.

진자강은 마른침을 삼킨 다음.

손가락을 핥았다.

날름.

잠시 후.

방금 전과 똑같이 내부에서 충격이 일어났다.

배가 찢어질 듯 아프고 머릿속은 고통으로 새하얘졌다. 진자강은 배를 붙들고 온몸을 바들바들 떨었다.

"아이 씨!"

역시나 괜히 했다.

눈물 콧물을 흘리면서 이를 악물었지만 입에서는 연신 게거품이 흘러나왔다.

"으아아악!"

* * *

망료는 매우 야위었다.

진자강을 놓친 지 벌써 한 달이 더 되었다.

가뜩이나 한쪽 눈이 뒤집힌 데다 눈 부위에 시커먼 반점이 생겨 보기가 좋지 않은데, 바싹 마르기까지 했다.

하나 남은 눈매는 더욱 날카로워져 눈알을 굴릴 때마다 까득까득 하고 갈리는 소리가 들릴 것만 같았다.

단정하던 예전과 달랐다. 머리도 언제 마지막으로 빗었는지 둥글게 틀어 올렸던 머리가 다 풀려 산발이 되었다.

보이기에만 그런 게 아니라 성격도 더욱 광폭해졌다. 주변에서 아무리 말려보아도 듣지를 않고 오로지 진자강에 대한 복수심만을 불태울 뿐이었다.

그 때문에 대인 관계가 망가진 망료는 최근 완전히 일에서 손을 뗐다. 더 이상 대외적으로 활동하는 일이나 지독문의 중대사에 개입할 수 없게 되었다.

망료는 그가 이제껏 이루어 온 거의 모든 것을 잃었다.

하지만 그에게도 남아 있는 것이 하나 있었다.

진자강에 대한 복수심이다.

망료는 곽오에게 수레를 끌게 하고 지독문 무사 몇과 함께 산길을 올랐다.

"벌써 한 달이나 지났습니다. 도무지 살아 있을 리가 없습니다."

지독문 무사의 말에도 망료는 코웃음만 쳤다.

"그래서 내가 살아 있으라고 가끔 먹을 것을 던져 주었지. 안 그러냐?"

곽오가 흠칫 놀랐다. 그 음식쓰레기를 혼천지로 가져다가 버린 사람이 바로 곽오였기 때문이다.

"예, 맞습니다요."

지독문 무사들이라고 가만히 앉아만 있던 건 아니다. 망료가 하도 재촉을 해서 낮에 땅이 굳었을 때 몇 번이고 수색을 했다.

하지만 당연하게도 아무것도 발견하지 못했다. 얻은 거라곤 수색하다가 유황 연기에 급성으로 중독된 환자들뿐이다.

"그렇대도 한 달이나 나오지 않고 있다는 건……."

무사의 말에 망료가 빤히 무사를 쳐다보았다. 그러더니 옆의 곽오를 보고 물었다.

"너도 그 아이가 죽었을 거라고 생각하느냐?"

곽오는 망료의 얼굴을 힐끗 보았다가 망료가 웃고 있는 것을 보고 곧바로 고개를 돌렸다.

"아, 아닙니다요. 어르신의 말씀대로 살아 있을 겁니다."

망료가 흐뭇하게 웃었다.

"껄껄, 거 보아라. 그 아이를 누구보다 잘 아는 이 친구가 살아 있다고 말하질 않느냐."

망료는 곽오의 어깨를 탁탁 쳤다.

"참으로 명석한 친구야. 진작 그렇게 말을 잘했으면 얼굴도 멀쩡했을 것인데, 쯧."

망료가 혀를 차며 말했다.

"어때? 아프진 않은가? 약은 잘 바르고 있지?"

"헤, 헤헤. 어르신께서 염려해 주신 덕분에 괜찮습니다요."

곽오는 흉한 얼굴로 웃었다. 망료가 뜨거운 돌로 지진 탓에 얼굴 반쪽에는 심한 흉이 엉겨 있었다. 물론 눈도 잃었다.

"그래그래, 사람은 한번 곤욕을 겪어 봐야 성장하기 마련이야. 나를 봐. 나만 봐도 다리 한 짝 잃었을 때 정신을 못 차렸더니 눈도 하나 더 잃고 이 지경이 되었잖은가? 그에 비하면 자네는 아주 적응이 빨라. 크게 되겠어."

곽오의 얼굴은 이루 말할 수 없는 분노와 절망감으로 비틀렸다.

자신이 앞으로 크게 될 일이 있을까. 쓰레기나 치우는 신세에 얼굴마저 이 지경이 되어 버렸는데…….

하지만 비굴하게도 입으로는 여전히 '헤헤' 하면서 웃고 있을 따름이었다.

"헤헤. 가, 감사합니다."

"자아, 이제 얼추 다 왔지?"

망료가 온 곳은 다름 아닌 쓰레기를 처리하는 곳.

곽오가 진자강을 버린 곳.

혼천지 위 절벽이다.

지독문의 여러 무사들과 곽오, 망료가 절벽 위에 차례로 섰다.

"내려놔."

망료의 명령에 곽오가 힘겹게 수레 손잡이를 놓자, 무사들이 수레 안에서 허름한 옷을 입은 소년 한 명을 끌어냈다. 소년은 혈도를 짚여 움직이지도 못하고 말도 하지 못했다. 불안하게 눈알만 굴리고 있을 따름이었다.

"세워."

망료가 무사들이 일으킨 소년의 아혈을 풀어 주었다. 입이 열려 겨우 말만 할 수 있게 된 소년이 곽오에게 새된 목소리로 외쳤다.

"형! 살려 줘요, 형!"

곽오는 얼굴이 굳어서 고개를 돌렸다.

망료가 곽오의 얼굴을 잡아 소년을 똑바로 보게 시켰다.

"사람이 크게 되려면 작은 데에 연연해서는 아니 되는 법이야. 무림총연맹 지부에서 백화절곡의 참상을 고발할 때의 배포는 어디 가고?"

소년이 곽오를 노려보며 새빨갛게 달아오른 얼굴로 외쳤다.

"배신자!"

곽오는 다시금 고개를 떨어뜨릴 수밖에 없었다.

망료가 껄껄 웃으며 소년에게 다가갔다. 소년을 붙들어 절벽을 향하게 돌려세우고는 인자하게 머리를 쓰다듬었다.

"걱정 말거라. 너 이전에도 여기서 살아난 친구가 있어. 허리에 묶어 두라고 시킨 건 잘 묶어 뒀지?"

"예, 그러니까 사, 살려 주세요."

"살려 달라고?"

소년의 머리를 쓰다듬던 망료의 손에 힘이 들어갔다.

망료가 하도 힘껏 머리를 움켜쥐어 소년의 이마에 핏줄이 돋았다.

"으윽! 그, 그만……."

"왜 이놈들은 자꾸 내게 살려 달라고 하지? 내가 또 속을 것 같으냐? 살고 싶으면 네 스스로 살아남아!"

소년의 귀에 대고 소리를 지른 망료는 옆 무사가 메고 있는 화살통에서 화살 한 대를 꺼내어 그대로 소년의 등에 박았다.

"으아아악!"

소년이 비명을 지르자 망료는 무자비하게 소년을 밀어 버렸다.

소년은 절벽 아래 혼천지에 그대로 떨어지고 말았다.

망료는 소년이 떨어지는 모양을 보면서 웃으며 중얼거렸다.

"살아남거든 놈에게 꼭 얘기 좀 해 주거라. 이 노인네가 기다리다 지쳐서 지루해 죽을 것 같다고."

* * *

진자강은 먹고 자는 시간 외에는 오로지 몸 내부를 관조하는 데 열중했다.

자기 몸에 생긴 이 막대한 기운을 무시할 정도로 바보가 아니었다.

덕분에 이제는 단전에 자리 잡은 기운을 확실하게 의식할 수 있었다. 몇 번 연습했더니 원하면 단전의 독기를 수월하게 움직여 빼낼 수 있을 정도까지 되었다.

어떤 식으로 이 힘을 써야 할지 아직은 결정하지 못했으나, 진자강은 슬슬 나가도 되겠다는 생각을 했다.

'조만간 올라가야겠다. 여길 달아나서 힘을 기른 다음에 다시 돌아올 거야.'

지금으로써는 그게 가장 무난한 진로가 될 것 같았다. 물론 지독문의 영역에서 무사히 벗어날 수 있을지는 다른 문제다.

진자강은 밤이 되자 다시 공기를 쐬러 굴 입구 쪽으로 나갔다.

손을 온천물에 담갔다.

짜릿하게 자극적이었지만, 피부를 녹일 것 같던 그런 심한 통증은 없다. 온천물에 손을 휘휘 저어도 손은 멀쩡하다. 어차피 껍질이 벗겨지거나 조금 상해도 하루만 지나면 금세 아물었다.

쏴아아아.

수증기 올라오는 소리가 들리고, 언제나처럼 풍덩거리며 사방에서 몰려든 유황수와 유황 덩어리들이 온천으로 떨어지기 시작했다.

진자강은 온천을 살폈다.

온천의 가장자리로 가끔 유황이 녹아서 떨어지다 굳어 고드름처럼 아래로 늘어지는데, 모양만 잘 나오면 새벽녘에 그걸 잡고 올라갈 수 있을 것이었다.

이제 온천물에도 별 영향을 받지 않으므로 헤엄을 쳐서 건널 수도 있었다. 가장자리에 고드름 사다리가 생기기만 기다리면 되었다.

그러나 세상일은 진자강의 마음대로 돌아가지 않았다.

진자강은 굴 입구에서 온천에 떨어지는 유황 덩어리들을 보다가 설핏 잠이 들었다.

풍덩!

갑자기 온천에 묵직한 물체가 떨어지는 큰 소리가 났다.

진자강은 깜짝 놀라 깨어났다. 무심코 떨어진 물체를 확인하고는 더 크게 놀랐다.

물체의 정체는 진자강만 한 소년이었다. 남루하고 해진 옷을 입고 있었는데 여기저기 상처가 가득하고 심지어 등에는 화살이 박혀 있기까지 했다.

애초에 이곳이 지독문에서 버려진 모든 쓰레기가 모이는 곳이라는 걸 생각하면 사람이 버려져도 이상한 일은 아니었다.

그런데 왜 화살을 맞았을까? 혹시 버려진 게 아니라 달아나다가 화살을 맞고 떨어져 여기까지 밀려온 걸까?

온갖 생각이 다 들었다.

잠깐 동안 어떻게 해야 할지 갈등이 되었다. 일단 죽었는지 살았는지도 알 수 없었다. 살아 있을 거라고는 생각하기 어려웠으나 혹시나 모르는 일이다.

소년이 서서히 가라앉기 시작했으므로 진자강은 더 이상 고민할 틈이 없었다.

진자강은 급히 소뼈를 사다리 삼아 온천으로 내려갔다.

이전보다 체력을 많이 되찾았으므로 움직이기는 한결 수월해졌다.

진자강은 소뼈를 밟고, 다른 한쪽을 붙든 채 팔을 뻗었다. 넓지 않은 웅덩이였기에 아슬아슬하게 소년의 몸에 손이 닿았다.

'잡았다!'

진자강은 막 가라앉고 있는 소년을 끌어당겼다.

소년은 피골이 상접해 그리 무거운 편이 아니었는데, 못 버틴 건 진자강이 아니라 소뼈였다. 잡고 있는 소뼈가 뚝 소리를 내며 부러졌다.

"악!"

풍덩.

진자강도 빠졌다.

그동안 몇몇 덩어리들이 온천수로 빠지는 걸 보았다. 일단 가라앉으면 떠오르지 않는다. 시간이 지나면 다 녹아서 형체도 남지 않기 때문이다.

소년을 잡은 손을 놓으면 혼자선 헤엄을 쳐서라도 빠져나올 수 있지만, 그럴 순 없다.

진자강은 이를 악물었다. 잡고 있는 부러진 소뼈를 있는 힘껏 유황 덩어리인 벽에 박았다. 다행히도 조금 녹아서 부드러워진 유황 벽에 뼈가 박혀 들었다.

부러진 뼈를 벽에 박고 버티면서 발로 다른 뼈를 밟았다. 온 힘을 다해 소년을 건져 굴 안으로 밀어 넣었다. 그러고는 자신도 올라왔다.

"헉헉."

온천물이 살에 닿아 피부가 후끈거렸다. 예전처럼 아파 죽을 지경은 아니었다. 새로 살이 돋으면서 확실히 피부가 강해져 있었다.

진자강은 한참이나 숨을 몰아쉰 후, 소년을 살폈다. 진자강과 달리 소년은 살이 온통 벌겋다.

얼굴을 보니 놀랍게도 소년은 진자강이 아는 얼굴이었다.

"양일아!"

백화절곡에 함께 살던 또래의 친구였다.

진자강은 양일의 코에 귀를 가져다 대 보고, 심장을 마구 누르기도 해 보았다. 그러나 양일은 이미 죽은 지 오래였다. 아무리 흔들어도 조금의 미동이 없었다.

진자강은 큰 충격을 받고 한참이나 망연자실해 있었다.

양일과 함께 놀러 다닐 때 살아서 웃던 모습이 선하다. 그런데 지금은 죽은 시체를 앞에 두고 있으니 눈물이 자꾸만 흘렀다.

진자강은 잠시간 훌쩍훌쩍 울다가 기운을 차렸다. 혹시나 무엇이 또 있는지 찾기 위해 양일의 시체를 뒤졌다.

양일은 남루한 옷을 입고 있었다. 한데 배가 불룩하다. 웃옷을 벗기니, 안쪽에 천으로 배를 꽁꽁 감싸고 있는 게 보였다.

진자강은 배에 묶은 천을 끌러 냈다.

툭.

그 안에서 말린 육포 같은 먹을 것이 나왔다.

육포를 싼 천을 보니 안쪽에 글자가 쓰여 있다. 먹이 아니고 피로 쓴 글씨다. 육포를 싼 천이 한 통의 편지인 셈이었다.

오죽 급했으면 피로 편지를 썼을까.

진자강은 분노를 억지로 가라앉히고 편지를 읽었다.

—저희 백화절곡의 생존자들은 지독문에 억류되어 모종의 장소에 갇혀 있습니다. 이 편지를 보신 무림총연맹의 협객들께서는 부디 저희를 구해 주십시오. 모쪼록 너무 늦기 전에…….

삐뚤삐뚤하지만 양일의 글씨였다.

아래엔 간단한 지도까지 그려져 있었다. 생존자들이 갇혀 있다는 장소는 지독문의 본산에서 조금 떨어져 있는데 진자강이 있는 혼천지에선 봉우리 하나 건너 옆쪽이었다.

진자강은 피로 쓴 편지를 움켜쥐고 분루(忿淚)를 삼켰다. 양일이 목숨을 걸고 탈출하려 한 곳이 결국 무림총연맹이라는 걸 안 탓이다.

"양일아, 너는 헛수고를 할 뻔한 거야. 내가 벌써 다녀

왔어. 거기는 우리가 생각한 것처럼 그렇게 정의로운 곳이……."

양일의 시체를 앞에 두고 있으니 차마 '거기가 아니야' 란 말이 나오지 않았다.

감정이 복받쳤다.

"아아……!"

지금 이 순간에도 갇혀 있는 백화절곡의 생존자들은 양일을 기다리며 무림총연맹의 협객들만 생각하는지도 모른다. 양일이 오지 않으면 다시 탈출을 시도해 무림총연맹으로 가려 할지도 모른다.

하지만 만일 무림총연맹까지 탈출하는 게 성공한다 하더라도 헛수고일 뿐이다. 무림총연맹이 지독문의 뒤를 봐주고 있으므로 결국은 한패인 것이다.

진자강은 이 모든 상황을 알면서도 당장은 아무것도 할 수가 없는 자신이 원망스러웠다.

친가족 같았던 그들을 구하러 갈 수도 없고, 그렇다고 거기로 가면 안 된다고 경고를 할 수도 없었다.

아무런 힘이 없었다.

한동안 무기력함을 느끼던 진자강은 양일의 시체를 앞에 두고 바닥에 힘껏 머리를 박았다.

쿵!

쿵쿵!

다시 머리를 들었을 때 진자강의 눈에는 아이의 눈빛이라고는 보기 어려울 정도의 매서운 독기가 어려 있었다.

"아니, 할 수 있어. 내가 해낼 거야! 양일아, 네 목숨값을 헛되게 하지 않겠어!"

*　*　*

새벽녘.

진자강은 양일의 옷을 벗겨 대신 입은 후, 양일의 시체를 온천으로 밀어 넣었다.

그리고 한동안 시체가 가라앉는 것을 지켜보며 명복을 빌었다.

달아나려던 계획이 수정됐다.

누구의 도움도 얻을 수 없는 상황이었지만 진자강은 자기의 힘으로 백화절곡의 남은 생존자들을 구하기로 했다.

한동안 기다린 끝에 마침내 온천으로 떨어지는 유황 덩어리들이 줄어들고 딱딱하게 굳기 시작하는 아침이 되었다.

진자강은 부러져서 끝이 날카로워진 소뼈를 허리춤에 꽂아 넣고 온천에 뛰어들었다. 반대편에 고드름처럼 굳어 가고 있는 유황 덩어리까지 헤엄을 쳐, 밟고 위로 올라섰다.

몸이 좀 화끈거렸지만 괜찮았다.

'드디어…….'

한 달여 만에 처음으로 뭍땅을 밟았다. 물론 유황으로 이루어진 땅이지만.

주위를 살폈다. 자욱한 연기가 시야를 가려 어디가 어디인지 알아보기도 어려운 지경이었다. 바닥에서 연기가 계속 뿜어 올라와 눈을 맵게 만들었다.

그러나 길을 찾지 못할 건 아니었다. 막 굳어 가고 있는 바닥에는 지난밤 내내 어디에선가부터 흘러왔던 흔적이 남아 있었다. 마치 파도가 모래사장에 남긴 흔적처럼, 이동해 온 방향이 물결 형태로 남아 그려졌다.

진자강은 바닥의 물결을 거꾸로 거슬러서 올라가기로 마음먹었다. 그런데 발을 내딛는 순간 불편함을 느꼈다.

'윽!'

망료가 몇 번이나 부러뜨린 다리가 온전치 못했다. 제대로 된 처치를 한 것도 아니라서 엉성하게 붙었다. 다리를 절 수밖에 없었다.

진자강은 참담했지만 그나마 못 걷는 건 아니라고 위안을 삼아야만 했다.

바작바작.

시간이 지나 바닥이 완전히 단단하게 굳자, 조심스럽게

걸어도 유황 부스러기가 밟히는 소리가 났다. 절룩거리는 것도 모자라 소리까지 나니 신경이 많이 쓰였다.

진자강은 더 천천히, 느리게 걸었다.

거의 하루 정도를 거슬러 올라가자, 드디어 진자강이 떨어졌던 경사진 절벽이 보였다.

곧바로 올라가지 않고 주위를 탐색했다. 달아난 지 한 달이 훨씬 넘었지만 혼천지 근처에 아직 감시하는 자가 있을지도 모르는 일이었다.

진자강은 절벽을 따라 걷다가 제일 경사가 완만하고 낮은 곳을 찾아냈다. 그러고는 절벽의 경사를 따라 오를 길을 확인한 후, 그 아래 적당한 바위 그늘에 숨어들어 밤까지 기다렸다.

그사이에 간혹 절벽 위쪽 길로 달그락거리며 수레바퀴 굴러가는 소리가 들려왔다. 아마도 오물을 버리러 온 듯했다.

진자강은 숨죽여 기다리면서 뜯어온 버섯과 육포로 허기를 달래고, 잠도 잤다.

밤이 되자, 미리 봐둔 경로로 절벽을 올랐다. 기억력이 좋아져 낮에 봐 둔 길이 그대로 기억났다. 예전보다 힘도 좀 붙어서 오르는 데에 많은 도움이 되었다.

힘겹게 오른 절벽 위에서는 싱싱한 숲 냄새가 났다. 진자강은 몇 번이나 깊게 숨을 들이쉬었다.

유황 연기가 가득 찬 굴과 달리 산의 공기는 이루 말할 수 없이 상쾌했다.

하지만 밖에 오래 서 있진 않았다. 진자강은 다시 수풀로 숨어들었다.

진자강은 이슬이 맺힌 풀잎을 뜯어 먹었다. 무엇을 먹어도 죽지 않을 걸 아니까 먹는 데 불편함은 없었다.

간단히 목을 축이고 잠시 쉬었다가 조심스럽게 산길을 내려가기로 했다.

금세 아침 동이 터 왔다.

그런데 얼마 내려가지도 않아서 길이 여러 갈래로 갈라져 있는 것이 보였다.

양일이 목숨처럼 지녔던 서신 겸 지도를 꺼냈다. 지도에 갈림길들이 표시되어 있었다.

좁은 산길은 갈림길도 많고 의외로 복잡했다. 지도가 없었더라면 진자강 혼자서는 절대로 찾아갈 수 없었을 터였다.

산길을 오르락내리락하다가 옆 봉우리로 새는 길이 있었다. 길가 옆 숲으로 해서 길을 따라가자 봉우리의 가장자리를 둘러 몇 채의 벽돌집이 붙어 있는 게 보였다. 봉우리의 가장자리를 깎아 안쪽으로 공간을 내고, 입구에 벽돌을 쌓아 만든 집이다.

'저기다!'

진자강은 얼른 옆의 나무 뒤로 숨었다.

벽돌집은 모두 단단히 문이 잠겨 있는 듯 보였고, 경비 무사 두엇 정도가 가끔 오가며 순찰을 하고 있었다.

'저 안에 우리 백화절곡 사람들이…….'

진자강은 감정이 벅차올라 울컥했다.

그럼 이제 저 사람들을 어떻게 구하느냐 하는 것이 문제다.

시간을 두고 가만히 경비 무사들을 관찰했다. 순찰을 엉성하게 돌고 있어서 잠입하는 것 자체는 어렵지 않아 보였다. 한 명은 아예 농땡이를 치고 나머지 한 명도 대충 앞을 오가다가 초소로 들어가 잠을 자곤 했다.

밤이 되니 아예 나와 보지도 않는 모양새다.

진자강은 허리춤에 차고 있는 부러진 소뼈를 꽉 쥐었다.

'지금이 기회야. 독액을 발라서 어떻게든 스치게만 해도…….'

초소로 들어가서 자고 있는 무사를 해치우는 건 그렇게 어려운 일은 아닐 것 같다.

그런데 진자강은 막 나무를 나서려다가 멈추었다.

어딘가 일이 너무 쉽다는 생각을 버릴 수가 없다. 혹시나 놓친 게 있을까?

'잠깐.'

놓쳤던 게 생각났다.

구하는 거야 구한다 치더라도, 달아나는 길은 어떻게 하지?

지금 백화절곡의 생존자들이 잡혀 있는 곳은 지독문의 본산 위쪽 지대에 위치한 곳이다. 탈출하려면 지독문의 본산을 통과해서 내려가야 할 수밖에 없다.

그게 가능할까?

'하지만 생존자 중에 지리를 잘 아시는 분이 있으니까…….'

그러니까 지도에 그렇게 상세하게 길을 표시했겠지 싶다.

진자강은 그렇게 생각하고 다시 한 번 지도를 들여다보았다.

갑자기 심장이 얼어붙는 것 같았다.

'아냐!'

지도에는 탈출할 수 있는 길이 그려져 있지 않았다.

지도에 그려진 건 혼천지에서 이곳 갇힌 장소까지 오는 길뿐이다.

나가는 길 따위는 없었다.

진자강은 머리카락이 쭈뼛하고 섰다.

이것은 마치 진자강을 혼천지에서 이곳까지 무사히 오게 만들기 위한 지도 같았던 것이다.

'함정?'

덜덜덜 손이 떨렸다.

사람들을 구해야 한다는 데에만 생각이 빠져 있어서 미처 지도의 허점을 보지 못했다.

만약 그대로 들어갔더라면…….

진자강은 숨을 죽였다.

그리고 주위의 나뭇잎을 조금씩 그러모아 몸을 덮었다.

본능이 지금 상황은 너무나 위험하다고 경고하고 있었다.

진자강은 눈만 내놓고 온몸에 나뭇잎을 덮은 채로 꼬박 밤을 샜다.

아침이 되니 누군가가 초소 쪽으로 올라오는 게 보였다. 밥을 가져다주는 모양이다. 멀어서 잘 보이는 건 아닌데 두레박같이 생긴 통에서 주먹만 한 덩어리를 세 번 꺼내 건네는 게 확인됐다.

백화절곡의 사람들이 갇혀 있다면 그게 몇 명이든 그 사람들이 먹을 걸 가져왔어야 하지 않는가.

진자강은 자기가 성급하게 뛰어들었으면 얼마나 위험한 상황이 될 뻔했는지 깨달았다.

'우리 백화절곡 사람들은 저기에 없구나!'

그렇다면 뭐하러 경비 무사를 세워 놨을까?

'일단 피해야 해.'

진자강은 경비 무사들이 밥을 먹는 동안 달아나야 한다고 생각했다.

그러나 움직이려다 말았다. 초소의 경비 무사 둘은 그대로 덩어리 밥을 꺼내 먹고, 나머지 하나는 그대로 두는 모습을 보아서다.

한 명이 더 있다는 뜻이다.

'잠깐?'

한 명은 이제껏 보지 못했다. 어제부터 지금까지 눈에 보이지 않았다.

진자강은 달아나려던 걸 포기하고 숨죽여 가만히 있었다.

시간이 느릿하게 흘러갔다.

어느덧 해가 중턱에 올랐다.

반나절을 꼬박 더 기다린 것이다.

배고픔을 참아 내는 건 익숙했다. 다만 배에서 꼬르륵 소리가 나지 않을까 노심초사했을 뿐이었다.

그래도 보이는 건 여전히 둘이다. 둘은 건성건성 순찰도 도는 둥 마는 둥 하고 있었지만, 진자강은 긴장을 풀지 않았다.

그 상태로 한참을 더 지나 어슴푸레하게 석양이 지고 나서야 진자강은 움직이기 시작했다.

천천히 몸에서 낙엽을 털어 내었다.

바스락.

아주 작은 소리를 냈을 뿐인데 이상한 기분이 들었다. 어디선가 바람이 불어온 듯했다.

진자강은 한참 멈추어 있다가 아무 소리도 들려오지 않자 다시 낙엽을 마저 털었다.

바스락.

갑자기 소름이 끼쳤다.

확 고개를 들어 위를 보았다.

나무 위에서 무언가를 발견했다. 무성한 나뭇가지 사이에서 희번덕거리는 것이 보인다.

다름 아닌 눈이었다.

허연 광택을 품고 있는 사람의 눈알이었다. 사람의 눈알 한 쌍이 뒤구르르 구르며 진자강을 노려보고 있었다.

"여기 있었구나?"

눈알의 눈빛이 어찌나 섬뜩한지 진자강은 소름이 끼쳤다.

"흐윽!"

그 와중에도 입을 막으며 비명을 참아 낸 진자강이었다. 하나, 그것은 무용(無用)했다.

"흐흐흐, 기척은 어제부터 느꼈는데 이제야 발견했구나. 발칙한 놈, 감히 이 어르신이 꼬박 하루를 굶게 만들어?"

역시나 함정이었다.

눈알이 사라지더니 불쑥 손이 나타났다. 진자강은 옆으로 굴렀지만 그보다도 빠르게 손이 진자강의 머리통을 한 손으로 움켜잡아 끌어 올렸다.

그야말로 창졸지간에 벌어진 일이었다.

"으으윽!"

진자강은 머리가 빠개지는 고통에 신음을 내뱉었다.

눈을 떠서 누군가 살펴보니 망료가 아니다. 진자강이 모르는 얼굴의 노인이었다.

세 번째 밥 덩어리의 주인이 나타난 것이다.

지독문에서 열 손가락 안에 꼽는 고수인 혈라수 묘옹이었다.

묘옹은 화풀이를 하듯 진자강의 머리를 공중에서 이리저리 흔들었다.

"요놈, 요놈, 요놈."

진자강은 허수아비처럼 펄렁거렸다.

"끄으으윽."

"이놈 보통내기가 아닐세? 어떻게 요 어린놈이 하루를 꼼짝도 않고 버틸 생각을 다 하지?"

묘옹이 물었다.

"네놈이 진가 놈이 맞느냐?"

진자강은 이를 악물고 대답하지 않았다.

"대답을 않는 걸 보니 맞는 모양이구나. 대체 혼천지에서 어떻게 살아 나온 것이지?"

진자강이 지독문에 잡혀 와서 본 사람은 망료와 곽오뿐이다. 반대로 말하자면 다른 사람들도 진자강을 보지 못했다는 뜻이다.

당연히 묘옹도 진자강의 얼굴을 모른다.

심지어 현재 진자강의 외모는 굉장히 흉측하다. 몸에 앉은 딱지도 벗기다 말아서 반쯤은 딱지로 뒤덮여 지저분한 모습에 머리는 막 나고 있어서 대머리에 가깝다.

언뜻 징그럽기만 하다.

"쯧쯧. 그 꼴로 잘도 살아남았구나. 네놈 입장에선 죽는 게 나았을지도 모르지만."

묘옹이 진자강을 여기저기 살피다가 희한한 듯 고개를 갸웃거렸다.

"얼씨구, 이놈?"

딱지는 너무 많아서 징그러운데 딱지가 벗겨진 부분의 살갗은 반질반질하니 이상하게 보였다.

"독의 부작용인가…… 아니면 망 장로가 뭔가 이상한 짓을 하고 있었던 겐가. 흠.”

묘옹은 한 손으로 진자강의 머리만 잡고 들어 올린 채 다른 손의 손가락으로 진자강의 몸을 찔러 점혈했다.

팡! 팡!

묘옹의 손가락이 진자강의 몸 곳곳을 찌를 때마다 공기가 터지는 소리가 나며 혈(穴) 자리가 푹푹 패어 들어갔다.

하지만 진자강은 이미 기혈이 굳었기 때문에 점혈이 되지 않는다. 애초에 물이 흐르지 않는데 물줄기를 막겠다고 해 봐야 소용이 없는 것이다.

묘옹은 미처 그것을 알아채지 못하고 진자강을 어깨 위로 둘러메었다.

“돌아가자. 지옥으로. 크흐흐흐.”

그러고선 경공을 발휘해 성큼 뛰어오르려던 찰나였다.

진자강은 묘옹이 자신의 몸에 무슨 짓을 했는지 몰랐다. 뭔가 점혈 같은 걸 한 것 같은데 아무렇지도 않았다.

그러나 무슨 일이 벌어진 것인지 깊이 생각할 겨를도 없었다. 지금 상황에서 깊이 생각할 필요가 없다는 것도 주지의 사실이었다.

이대로 잡혀가면 끝장이다!

진자강은 손끝으로 독기를 모았다. 하도 연습을 해서인지 독기가 모인 것은 거의 눈 깜짝할 사이였다.

새끼손가락 끝에 작은 독기가 모여 부풀었다.

새끼손가락 끝을 꽉 깨물었다. 피가 흐르고 독액이 맺혔다. 허리춤에서 부러진 소뼈를 뽑아내면서 그 독액을 부러진 소뼈 끝에 묻혔다. 그러자마자 양손으로 소뼈를 쥐고 묘옹의 목에 힘껏 소뼈를 찍었다.

"죽어엇!"

빠악!

소뼈가 산산조각으로 부서져 나갔다.

묘옹이 반대쪽 손등으로 목을 감싸 막은 것이다.

"얼씨구?"

혈라수라는 별호답게 묘옹의 손은 불그스름하니 물들어서는 돌처럼 단단하게 되어 있었다.

"이 핏덩이 같은 새끼가."

묘옹이 진자강을 바닥에 내던졌다.

"커억!"

진자강은 등뼈가 부서지는 듯한 충격을 받았다.

묘옹은 손을 어루만졌다.

"이놈 뭐지? 왜 점혈이 안 됐어?"

묘옹의 눈에는 여러 가지 빛이 보였다. 처음엔 별로 동요하지 않고 어이가 없는 눈빛이었으나 직후에 바로 당혹감이 어렸다.

묘옹이 갑자기 무릎을 꿇었다.

쿵.

"뭐, 뭐야!"

묘옹은 믿어지지 않았다. 손이 너무 아파서 손을 쳐다보았더니 손등이 퉁퉁 부었다.

살갗이 조금 긁혔을 뿐인데.

"도, 독?"

독 말고는 설명할 방법이 없었다.

묘옹은 급히 내공을 끌어 올려서 독기가 퍼지는 것을 늦추려 했으나 반응이 너무 늦었다.

팔이 불에 타는 듯 아려 오고 머리가 띵해져서 제대로 서 있기가 어려웠다. 그사이에 한쪽 팔은 완전히 퉁퉁 부어서 팔을 접을 수조차 없어졌다.

'극심한 맹독!'

살다 살다 이런 맹독은 처음이다. 그것도 극히 소량이 묻어 긁혔을 뿐인데 말이다.

이 정도의 맹독이라면 당한 즉시 내공으로 방어를 했어야 했다. 조금 늦은 것이다. 이러면 점혈을 해도 소용이 없다.

수만 년에 걸쳐 정수만이 쌓인 석웅황의 독소이니 당연한 노릇이었으나 묘옹이 그걸 알 리 만무했다.

'방심했구나!'

저런 아이에게 이런 독이 있을 거라고 누가 생각했겠는가. 만약 알았다면 즉시 중독을 대비했을 것이다.

어쨌거나 명색이 독을 다루는 문파 소속의 무인이다. 이대로 죽을 순 없었다.

묘옹은 빠르게 생각했다.

'내가 몇 번 호흡했지?'

몸에 피가 한 바퀴 도는 데에 걸리는 시간은 대략 숨을 열 번 쉬는 정도다.

'네 번!'

그렇다면 독이 거의 심장에 가까이 갔을 것이다.

이만한 맹독이면 심장에 독이 퍼지는 순간 죽은 목숨이나 다름이 없다.

묘옹은 재빨리 품을 뒤져 청심환(淸心丸)을 꺼내 혀 아래에 밀어 넣었다. 그러고는 손가락으로 빠르게 심장 어림의 혈도를 찔렀다.

쿵!

동시에 심장이 멈추었다. 피가 돌지 않아 중독의 진행도 함께 멈췄다.

심장이 멈춘다고 사람이 곧바로 죽는 것이 아니다. 적어도 반 각 정도는 움직일 수 있었다.

청심환까지 물었으니 최악의 경우 심장이 멈추었을 때 한 번은 다시 움직일 수도 있을 것이다. 그때에 심장을 되살리면 된다.

그렇게 해서 번 시간은 고작 일각.

일각 안에 저 망할 꼬마에게 해독약을 받아 내어야 한다.

묘옹은 곧바로 진자강에게 달려들었다.

"해독약을 내놓아라!"

하지만 진자강에게 해독약 같은 게 있을 리 없었다.

진자강은 입에 거품을 물고 달려드는 묘옹을 피해 몸을 굴렸다. 진자강이 자빠져 있던 땅바닥을 묘옹의 손이 쳤다.

퍽.

흙더미가 한껏 치솟았다.

묘옹은 충격 때문에 자기가 비틀거렸다.

"으으."

진자강은 필사적으로 몸을 일으켜 뛰었다. 묘옹이 진기를 끌어 올려 뒤따라왔다.

두꺼운 나무가 교차된 형국으로 진자강의 앞을 가로막고 있었다. 진자강이 미끄러지듯이 몸을 눕혀 나무 아래로 지나갔다.

위에서 묘옹이 휘두르는 시뻘건 혈라수에 나무가 부러지며 실타래처럼 뜯겨져 나갔다.

"이 미꾸라지 같은 놈이!"

묘옹은 분통을 터뜨리며 다시 손을 치켜들었다.

아무래도 피가 안 도는 데다 한 손은 퉁퉁 부어 쓸 수 없고, 몸도 어느 정도 중독이 된 상황이어서 몸놀림이 둔해졌다.

마음이 급해진 묘옹은 눈에 보이는 게 없어졌다. 자신이 살아 있을 시간은 줄어들고 진자강은 달아나고 있다.

묘옹은 미친 듯이 진자강을 쫓았다.

진자강도 미친 듯이 달렸다. 한쪽 다리를 절룩거리는 터라 속도로는 따돌릴 수 없었다.

진자강은 달아나면서도 주변을 살폈다.

'뭔가 필요해!'

진작 이런 상황을 예측했어야 했다. 최소한 달아날 길 정도를 생각해 두지 못한 것이 후회스러웠다.

'생각해라, 진자강. 생각해. 아니면 죽어!'

바로 뒤에서 묘옹의 거친 숨소리가 들려왔다. 마치 뒷덜미에 뜨거운 입김이 닿는 것 같은 기분이 들었다.

진자강은 몸을 마구 비벼서 딱지를 떨어냈다. 그리고 그 딱지를 동글동글하게 말아 옆으로 힘껏 던졌다.

해독약이 여기 있다고 말하려다가 말았는데, 아무 말도 안 한 그것이 오히려 묘옹을 헷갈리게 했다.

달리다가 말고 시꺼먼 환단 같은 것을 옆으로 던질 이유가 또 무엇이 있겠는가.

묘옹의 눈에 불이 켜졌다. 자기가 죽더라도 해독약은 안 주겠다는 뜻으로밖에 안 보였다.

"천하의 악독한 개 잡종 새끼!"

묘옹은 욕지거리를 내뱉으며 수풀로 떨어진 환단을 좇아갔다.

막 진자강의 뒤통수를 조여 오던 살기가 거짓말처럼 옆으로 돌았다.

묘옹이 몸을 날리면서까지 진자강이 던진 딱지 찌꺼기를 받아 내는 모습이 보였다.

위기는 잠깐 돌렸지만 그렇다고 일이 해결된 건 아니다. 사방을 둘러보던 진자강의 눈에 날렵한 풀대와 노란 꽃이 달린 풀들이 잔뜩 피어 있는 게 보였다.

'모간(毛茛)!'

모간은 미나리아재비풀이다.

미나리아재비풀의 즙은 피부에 수포를 만들고 눈에는 염증을 일으킨다. 약재로 쓰는 건 예전부터 알았지만 독에 대해서는 몰랐다. 이번에 망료에게 들어서 안 것이다.

미량의 즙에 의한 중독은 일시적이지만 지금 상황에서는 그것마저도 매우 귀중한 시간이 될 수 있었다.

진자강은 모간을 닥치는 대로 뜯어서 입에 넣고 씹었다. 그사이에 바닥을 뒤지던 묘옹이 속은 것을 알고 크게 분노해 몸을 날렸다.

나무줄기들을 박차고 진자강의 머리 위까지 순식간에 날아왔다.

"죽인다!"

진자강은 공중에서 떨어지는 묘옹을 똑바로 보고 섰다. 묘옹의 한쪽 팔은 퉁퉁 부어 들어 올리지도 못하고, 다른 팔을 치켜든 채였다.

손이 까매질 정도로 빨갛게 되어 있었다. 공력이 극대로 몰려 있어서다.

그 빨건 손을 내려치기만 하면 진자강의 머리는 수박처럼 으깨질 수밖에 없었다. 그러나 묘옹은 그러지 못했다. 아직 해독약을 구하지 못했으니까.

생각 같아서야 바로 죽여 버리고 싶었으나 혹시나 모르는 일이었다.

쿠웅!

결국 진자강의 머리를 부수지 못하고 옆으로 뛰어내린 묘옹이 진자강의 어깨를 붙들었다.

무엇 때문인지 점혈이 듣지 않으니 팔다리를 비틀어 놓고 해독약을 찾을 요량이었다.

그런데 하필이면 그때 묘옹의 시야가 새까매졌다. 정신이 아득해지고 몸이 굳었다. 누군가 목을 조른 것처럼 목과 얼굴에 핏줄이 돋았다.

피가 돌지 않아 숨이 경각에 달한 것이다.

“끄윽.”

묘옹은 혀 밑에 넣어 두었던 청심환을 혀로 밀어내 씹었다. 굳었던 몸이 풀리고 약간의 시간을 벌 수 있었다.

‘빨리 해독약을 구하지 못하면……!’

시야가 돌아온 묘옹의 눈앞에 진자강의 부푼 뺨이 보였다. 진자강은 묘옹의 얼굴에 잔뜩 씹고 있던 모간의 부스러기와 침을 뱉었다.

“푸우웃!”

미처 대응하지 못한 묘옹의 눈에 모간의 즙들이 들어갔다.

묘옹은 눈이 시큰거려서 제대로 뜰 수가 없었다.

눈에 내공을 집중해 억지로 떴다. 사물들이 흔들려 보이고 일그러져 보인다.

진자강을 찾을 수가 없다.

“……이놈!”

이미 목소리도 거의 잠겨서 소리도 잘 나지 않는다. 이렇게 되면 중독이 극심해지더라도 심장부터 되살릴 수밖에 없었다.

"기다려라…… 네놈…… 꼭…… 죽여 버린다."

묘옹은 이를 갈았다. 힘을 짜내어 손가락에 남은 내공을 집중했다. 심장 근처의 혈도를 눌러서 심장을 다시 움직이게 만들려 한 것이다.

그러나 혈도를 눌러야 할 팔이 무거워지며 축 처졌다.

"윽!"

팔에 뭔가 달라붙었다.

진자강이다. 진자강이 매미처럼 팔에 달라붙었다.

무겁지는 않으나 정확하게 혈도를 짚기가 어려워졌다.

"으윽! 놔, 놔라!"

평소였다면 코웃음 치며 떨쳐 버렸을 것이다. 그러나 지금은 상황이 그렇지 못했다.

진자강도 필사적이었다. 진자강은 조금 전 혈라수가 자신의 심장을 멈추는 것을 보았다.

독에 대해서 망료가 가르쳐 준 것을 기억했다.

독이 몸 한 바퀴를 도는 데 걸리는 시간은 숨을 열 번 쉬는 시간에 해당한다고 했다. 일단 독이 심장까지 도달하면 독을 온몸에 퍼뜨리기 때문에 절대로 심장까지 독이 도달하게 하면 안 된다고.

그래서 독은 중독되었는지도 모르게 몰래 써야 하는 거라고, 그렇게 조언 아닌 조언까지 해 주었다.

물론 망료는 진자강의 몸에 자신의 이론을 실험했다. 독기가 피를 타고도 잘 돌지 않아 결국 실패했지만.

그러니 그 사실을 알고 있는 진자강의 입장에서는 혈라수 묘옹이 심장을 되살리지 못하게 결사적으로 막아야만 했다.

묘옹의 몸은 계속 굳어 가고 있다. 심장을 살릴 최후의 힘만 겨우 남겨 둔 상황이었다.

그것을 진자강이 방해하고 있으니!

"노, 놈……."

묘옹의 정신은 계속 아득해져 가고 있었다. 눈에 뭘 당했는지 시야는 아예 뿌옇게 잘 보이지도 않았다.

이제 묘옹은 애원하기 시작했다.

"제…… 발……."

절박한 애원의 외침 때문이었을까? 팔을 붙든 진자강의 힘이 약해진 것 같았다.

묘옹은 퍼뜩 정신이 깨어 이를 갈았다.

'심장만 뛰어 봐라. 이 애새끼의 손가락 발가락을 하나씩 뽑아서 죽지도 살지도 못하게…….'

갑자기 입에 꺼끌꺼끌한 것이 밀려 들어왔다.

'어……?'

맛도 없고 텁텁한 것이, 다름 아닌 흙이다.

'왜?'

묘옹은 아직 자기가 바닥에 고꾸라져 처박혀 있다는 걸 인지하지 못하고 있었다. 진자강이 한참 전부터 팔을 놓았다는 것도 몰랐다.

진자강이 놓아서 자유로워진 게 아니라 이미 감각을 상실하고 있었던 것이다.

'왜…….'

묘옹의 눈에서 생의 빛이 천천히 꺼져 갔다.

진자강은 묘옹의 숨이 완전히 끊어졌는지 확인했다.

다리가 후들거렸다.

하지만 억지로 움직여 몸을 숨겼다. 숨어서 초소의 움직임도 지켜보았다. 거리가 멀어서 아직 이곳의 소란이 발각되지 않은 것인지 별다른 움직임이 없다.

이 주변은 완전히 엉망이 되어 있어서 누군가 근처에만 와도 금세 이상이 있다는 걸 들킬 것이다.

진자강은 서둘러 묘옹의 시체 위에 나뭇가지와 낙엽을 덮었다. 들키더라도 바로 들키는 것보다는 나을 수 있었다.

그리고 재빨리 자리를 떴다.

"헉헉."

사람을 죽였다는 죄책감보다 함정에 빠졌다는 자괴감과 앞으로에 대한 불안감이 더 컸다.

진자강은 숲을 한참이나 헤치고 가다가 물줄기를 발견하고 세수를 했다.

온천 지대라서인지 물이 뜨끈했다.

정신이 들었다. 물에 비친 자기 얼굴을 보니 아직 떼지 않은 딱지로 징그럽고, 딱지가 떼어진 부분은 또 너무 하얗다.

진자강은 주변의 흙을 집어 얼굴에 문질렀다. 머리에도 흙을 덕지덕지 발라 지저분하게 만들었다. 기껏 세수해 놓고 무슨 짓인가 싶었지만 위장을 해야 했다.

진자강에게는 생존이 더 중요했다.

도대체 누가 자기에게 함정을 팠을까, 진자강은 생각했다.

금세 답이 나왔다.

'망료!'

아직까지도 자기를 쫓아다니고 있다는 게 몸서리치도록 끔찍했다.

망료에게 복수하고 싶었다.

하지만 그것만큼은 자신이 없었다. 방금도 그저 운이 좋아 상대를 죽이고 살아남았을 뿐인 것이다.

진자강은 일어서서 주위를 살폈다. 무의식중에 익숙한 길로 되돌아왔다. 조금만 더 가서 산을 오르면 바로 혼천지다.

'좀 더 버틸까?'

그러나 언제까지 그곳에 있을 수만은 없다. 진자강이 살아 있다는 걸 알게 되면 그곳을 전부 뒤지더라도 찾아낼지 모른다.

'안 돼. 지금 움직여야 해.'

뭔가를 하려면 지금이어야 했다. 시체가 발견되면 그땐 더 이상 무언가를 해 보기조차 어려워질 터였다.

진자강은 결심할 수밖에 없었다.

'지독문으로 들어가야 돼.'

어차피 지독문을 지나야 산을 내려가 달아날 수 있었다.

그리고 아직 지독문에서 할 일도 남았다.

망료뿐만 아니라 백화절곡을 배신한 배신자에 대한 복수도…….

'들어갈 수 있는 방법을 생각하자.'

일전에 곽오의 수레에 실려 올 때, 지독문의 무사들이 아무도 그 수레들을 신경 쓰지 않았던 게 기억났다.

진자강은 잠시 생각을 하다가 혼천지 쪽 방향으로 걸음을 옮겼다.

그 어느 때보다도 머리가 빠르게 회전하고 있었다.

* * *

혼천지로 오물을 버리는 절벽 위.

진자강은 그곳의 수풀에 몸을 숨기고 기다렸다.

걸음을 재촉한 탓에 아직 저녁도 채 되지 않은 오후였다.

'그럼…….'

옆에 있는 수풀을 보니 아까 진자강을 위기에서 살린 모간풀이 보인다. 진자강은 모간을 뜯어 씹었다.

아작아작.

진자강은 모간을 씹으며 해를 보아 시간을 대충 계산했다.

진자강의 생각이 맞다면 오물을 버리는 수레들이 올 것이다. 그 수레를 이용해서 지독문 안으로 들어갈 생각이었다.

얼마 지나지 않아 남루한 옷을 입은 청년이 오물이 담긴 쓰레기 수레를 끌고 올라오는 게 보였다.

지난번 절벽 아래에서 네 번 정도 수레가 움직이는 소리를 들었다. 마지막 수레는 석양이 지기 직전이었다. 다른 수레와 마주치거나 하지 않으려면 그때까지는 좀 더 기다려야 했다.

그사이 오물을 실은 수레들이 두 번이나 더 오갔다.

그중에는 곽오도 있었다.

곽오를 보는 순간 진자강은 살심(殺心)이 크게 솟구쳤다.

그러나 곽오의 얼굴을 보고는 조금 당황했다. 진자강이 보았을 때만 해도 멀쩡했던 곽오의 한쪽 얼굴은 화상으로 크게 일그러져 있었다.

심지어 화상을 입은 쪽 눈이 보이지 않는 듯했다. 눈만 보이지 않으면 다행인데 입으로는 끊임없이 뭔가를 중얼거려서 마치 넋이 나간 사람처럼 보였다.

어쩌다가 그리되었을까. 겨우 한 달 사이에.

진자강은 곽오가 불쌍하다고는 생각하지 않았다. 곽오가 혼잣말을 하는 걸 들었기 때문에 어느 정도 연민은 있었으나 동정하진 않았다.

곽오는 배신자다. 백화절곡의 수많은 이들을 죽음으로 몰아넣었다. 그리고 마지막까지 진자강의 믿음을 저버리기도 했다.

그것만이 유일하게 남아 있는 현재의 진실일 뿐이다.

'잠깐?'

본래 진자강은 자기와 체형이 비슷한 사람의 수레를 탈취해서 수레꾼인 척하려 했다.

그러나 곽오를 본 순간 생각이 달라졌다.

'어차피 갚아야 할 게 있어.'

진자강은 곽오의 뒤로 몰래 다가갔다.

第六章
잠입

곽오는 힘겹게 수레를 밀어 절벽 끝까지 간 후, 오물을 뒤적거렸다. 그중에서 나무통을 꺼내 옆에 내려두고 나머지 오물은 절벽 아래로 쏟아부었다.

그 상태로 바지춤을 내리며 절벽 아래를 보고 소변을 누었다.

진자강은 곽오를 밀어 버리고 싶은 충동이 들었다. 그러면 그 아래 혼천지에서 자기가 얼마나 고통을 겪었는지 알게 될 것이다.

하지만 그렇게 끝내 버리면 안 된다.

진자강은 살의를 감추고 수레로 다가갔다.

내려놓은 나무통을 보니 종종 유황 온천까지 흘러와 떨어지던 그 나무통이다. 통은 같았지만 내용물은 달랐다. 매일 뼈만 담겨 있던 그 나무통에는 음식물들이 담겨 있었다.

비록 먹다 만 듯 이빨 자국이 난 튀긴 생선과 발로 밟은 것처럼 짓이겨져 더러워 보이는 음식들이었지만 음식이 담겨 있긴 했다.

그동안은 왜 다 먹고 남은 뼈가 들어 있었을까.

생각하고 싶지 않았지만, 혹시나 모를 일이었다.

진자강은 곽오가 소변을 보기 위해 뒤돌아선 때를 이용해 아까부터 씹고 있던 모간의 즙을 뱉어 음식에 섞고, 일부는 수레의 손잡이에 묻혔다.

그러고는 재빨리 수풀로 몸을 피했다.

오줌을 누고 온 곽오는 나무통에 담겨 있는 먹을 것들을 꺼내 늘어놓았다. 그러더니 그것을 먹기 시작했다.

"헤헤."

곽오는 닭다리를 뜯고 생선도 뜯었다. 신나게 먹을 만큼 먹어 치우고는 트림까지 했다.

"꺼억. 왜 이런 걸 자강이한테만 주는 거야. 죽은 놈 잿밥에 올리는 건가? 나도 평소에 이런 기름진 음식이 먹고 싶다고."

그제야 진자강은 왜 나무통에 뼈만 남아 있었는지 확실

하게 알았다.

“맛이 좀 이상하네. 코가 싸한 게…… 오늘 건 상했나 봐. 너나 먹어라, 자강아.”

진자강은 흠칫했지만, 지금의 진자강에게 하는 얘기가 아니었다.

곽오는 음식을 조금 남겨서 그대로 절벽 아래로 던졌다. 뭔가 아쉬웠는지 손가락까지 쪽쪽 빨았다.

그러더니 수레의 손잡이를 잡고 내려가기 시작했다. 진자강은 조심스럽게 곽오의 뒤를 따랐다.

“내 꿈은 끝내주는 여협들과 강호를 종횡무진하는 건데…… 빨래는 언제 했지? 오늘 쓰레기들을…….”

듣는 사람도 없는데 곽오는 계속 어쩌구저쩌구 이해하기 어려운 말들을 중얼거린다.

“아, 배가 살살 아프네. 왜 그러지.”

곽오는 수레를 끌고 내려가다가 멈추더니 손으로 이마의 땀을 훔친다.

“속이 안 좋아. 머리도 어지럽고.”

몸이 좋을 리 없었다. 독성이 강한 모간의 즙이 들어간 음식을 먹었으니.

달그락달그락.

곽오는 가뜩이나 한쪽 눈이 안 보여 수레를 끄는 게 시원치 않았다. 그런데 가면 갈수록 점점 더 갈지자로 수레가 왔다 갔다 한다.

"멀쩡한 눈까지 또 왜 이렇게 아프지? 이아! 땀이 들어갔나?"

곽오는 눈을 비볐다. 그러나 손잡이에 모간의 즙을 묻혀놨기 때문에 눈에 손을 댈수록 상태는 더 안 좋아질 뿐이다.

"빠, 빨리 가서 쉬어야겠다……."

곽오는 눈물을 찔끔찔끔 흘리며 눈을 뜨는 둥 마는 둥 수레를 끌었다.

진자강은 이제 아예 수레의 뒤에 바싹 붙었다. 혹시 몰라 더 뽑아 온 모간을 씹으며 수레와 함께 걸었다. 어차피 곽오가 뒤돌아본다 해도 누구인지 쉽게 알아볼 수 없을 것이다.

산을 한참 내려가다 보니 오솔길이 끝나고 잘 다져진 길이 나왔다. 지독문의 전각들이 군데군데 보인다.

앞쪽 우물 근처에서 일단의 무사들이 경계를 서고 있는 게 보였다. 저희들끼리 웃으며 떠들고 있다. 그들의 말소리가 진자강에게까지 들린다.

하필이면 그곳을 지나가야 했다. 길이 그곳뿐이다.

진자강은 가슴이 두근두근했다.

곽오는 앞에서 떠드는 소리를 들었는지 중얼거렸다.

“개새끼들…….”

곽오가 욕지거리를 하더니 눈을 마구 비비곤 길가로 최대한 붙여 수레를 당기며 갔다.

진자강도 수레와 함께 길가로 붙었다.

바싹 긴장했다. 수레 뒤로 숨을까도 고민했으나 이미 저들 눈에 띄었다. 이제 와서 몸을 숨긴다거나 하면 더 수상할 수밖에 없다.

진자강은 수레 뒤에 살짝 손을 대고 이제껏 밀고 왔다는 듯한 태도를 취했다.

머리도 없고 눈썹도 없다. 어차피 자기를 알아볼 얼굴이 망료 말고는 없다는 걸 믿고 하는 행동이었다.

‘제발 그냥 지나가라. 제발.’

무사들은 수레가 바로 앞까지 다가오자 대화를 멈췄다. 곽오가 수레를 세우고 눈을 비비면서 꾸벅 인사했다.

“안녕하십니까, 어르신들. 좀 지나가겠습니다. 헤헤.”

무사들은 곽오와 진자강을 훑어보았다. 별로 관심이 있어 하는 얼굴들은 아니었다.

하지만 무엇이 그들의 눈에 거슬렸던 것인지 무사 중 한 명이 걸음을 멈췄다.

무사가 인상을 찌푸리며 소리를 쳤다.

"마! 너 눈에 안 보이게 샛길로 다니라고 했지! 냄새나잖아! 하필 우물 옆을 지나가."

"요기만 지나면 샛길로 갑니다요. 헤헤. 길이 여기밖에 없어서요."

"아, 근데 이 새끼 하나밖에 없는 눈은 또 왜 시뻘게? 추잡한 새끼."

곽오가 눈을 부비적거렸다.

"헤헤, 제가 원래 좀 추잡해서…… 죄송합니다."

진자강은 곽오의 비굴한 모습에 울컥했다.

'고작 이 꼴이 되려고 백화절곡을 팔았어?'

그러나 분노를 일으킬 때가 아니었다. 성인 무사가 넷이었다. 분노한다고 진자강이 어쩔 수 있는 상대가 아니다. 진자강은 그저 고개를 숙이고 있는 수밖에 없었다.

"야, 빨리 지나가. 냄새난다."

"에이, 물맛 떨어지게."

다른 무사들이 귀찮다고 손을 휘젓자 곽오가 수레를 끌고 지나가려 했다. 그런데 처음 곽오에게 시비를 걸었던 무사의 시선이 진자강을 향했다.

"저건 또 뭐야? 뭐가 저렇게 흉해?"

덜컥.

진자강은 심장이 내려앉았다.

"뭔데 꼬라지가…… 야!"

곽오는 눈이 잘 보이지 않고 고통스러워 죽을 지경이었다. 무사들이 누구한테 하는 얘긴지도 모르고 굽실거렸다.

"어, 어르신들 제가 배가 아파서 빨리 좀……."

"임마! 너 뭐냐고!"

"네? 저, 저는 곽오라고 하는데요……."

진자강은 막 나고 있는 머리카락이 쭈뼛 서는 기분이었다.

지금 말을 하게 되면 곽오에게 들킨다!

무사들이 곽오에게 '너한테 하는 말이 아니다!' 라고 해도 들킨다.

그러면 끝장이다.

진자강은 더 생각할 것도 없이 혀를 꽉 물었다.

비릿한 혈향이 입 안에 돌았다. 피를 뱉을 수는 없었으므로 꿀꺽 삼켜 버렸다.

"이 새끼가……?"

수상함을 느낀 무사가 진자강에게 다가섰다. 곽오는 잘 보이지 않아서 그냥 흐릿한 사람 그림자가 다가들자 놀라서 양팔을 들어 올렸다.

"흐에엑!"

진자강으로서는 다행스럽게도 곽오의 손이 무사의 몸에

닿았다. 무사가 화들짝 놀라서 몸을 피했다.

"이게 더럽게! 지금 이것들이 뭐 하는 거야?"

"아이고 어르신, 죄송합니다. 제가 지금 잘 안 보여 가지고."

무사는 칼을 잡고 무서운 눈으로 진자강을 노려보았다. 다른 무사들도 수상함을 느끼고 칼 손잡이에 손을 올렸다.

철컥.

쇳소리에 놀란 곽오가 자리에 주저앉았다.

"흐악!"

하지만 진자강은 여전히 가만 서 있을 뿐이었다.

"이것들이?"

그 순간 진자강은 무사들을 향해 입을 벌렸다.

무사들이 깜짝 놀란 얼굴로 물러섰다.

진자강의 입 안에 울퉁불퉁하게 수포가 잔뜩 난 혀가 피를 머금고 퉁퉁 부어 있었다.

진자강은 모간을 씹고 있던 혀에 상처를 내어 그 즙이 닿도록 했다. 중독의 발현이 빠른 진자강의 체질 덕분에 순식간에 상처에 수포가 생기고 부풀어 오른 것이다.

"으윽……."

무사들도 어지간한 꼴은 다 봤지만 이런 끔찍한 모습은 처음이었다

무사들이 인상을 쓰며 칼자루에서 손을 내렸다.

"저런 꼴이면 말을 못 하잖아."

"자네가 과민했어."

처음 시비를 걸었던 무사도 한 걸음 물러섰다.

"에이! 더러워서 진짜. 아무리 연구니 뭐니 해도 그렇지 장로님들은 대체 뭘 하고 있는 거야? 명색이 무림총연맹에 가입했는데 언제까지 사람 가지고 저럴 거냐고."

"참아 참아, 이달만 지나면 우리도 이제 당당한 정파의 일원이 되는 거야."

영문을 모르는 곽오만 어리둥절해 했다.

"예?"

"됐으니까 꺼져! 원, 재수가 없으려니."

무사들은 진자강과 곽오를 지저분한 것 보듯 눈을 흘겼다.

곽오는 굽실대면서 재빨리 수레를 끌고 떠났다.

무사들과 거리가 멀리 떨어지자 곽오가 다시 중얼거렸다.

"개새끼들."

달그락달그락.

곽오는 자기가 말했던 것처럼 얼마 지나지 않아 샛길로 빠졌다. 오물을 수거할 때 오가는 길이다.

그 길을 가면서도 몇 번이나 진자강은 지독문의 무사들을 마주쳤다. 진자강은 아예 부운 혀를 빼물고 걸었다. 그때부터는 힐끗 쳐다보기만 할뿐 말을 거는 이들도 없어졌다.

다행히도 마주치는 이들 중에 망료는 없었다.

중턱 즈음까지 내려가니 멀리 산문이 보였다.

'저기만 벗어나면…….'

그러나 산문은 정방형으로 지어진 장원을 통과해야 하고 널찍한 입구 길로 이어져 있었다. 저 장원에는 상주하고 있는 무사와 고수들이 있을 게 뻔하며, 입구의 길은 탁 트여 있어서 거기까지 간다 해도 순식간에 노출될 게 뻔했다.

어떤 수를 써도 진자강이 몰래 달아날 수 있는 길은 없었다.

아쉬움을 남긴 채, 곽오의 수레는 외곽으로 길을 꺾었다.

약간 외딴곳이었다. 그곳에 집이라고도 볼 수 없는 움막에 가까운 다 망가진 흙집들이 보였다.

어느새 저녁이 다 지난 시간이라 주변은 대체로 어두워져 있었다.

곽오는 그중 한 흙집의 앞에 수레를 세우고 들어갔다. 이제야 하루 일이 끝나고 자기 거처로 돌아온 모양이다.

진자강은 흙집의 안을 둘러보았다. 요강 하나, 물을 담아 둔 항아리 하나, 선반에 올려진 깨진 그릇들 몇 개…….

흙집 안은 현재 곽오의 신세를 대변하듯 보잘것없었다.

"으으으."

곽오는 항아리의 물로 얼굴을 마구 씻었다. 그러고는 거적만 깐 바닥에 주저앉았다.

"……흑."

진자강은 자신의 귀를 의심했다.

'울어?'

곽오가 배를 감싸 쥐고 끙끙대며 눈물을 흘리고 있었다.

"흑흑."

진자강은 조용히 방구석으로 가 앉았다.

곽오의 작은 절규가 계속되었다.

"아파…… 내가 왜 이렇게 아파야 해. 내가 왜 이렇게 살아야 해."

곽오는 오랜 시간을 훌쩍댔다.

"흑흑, 이게 다 자강이 때문이야. 너만 아니었으면…… 너만 아니면 내가 이런 꼴이 되었을 리 없어."

진자강이 가만히 듣고만 있던 건, 불쌍해서도 들킬까 봐서도 아니었다. 그저 아직 혀가 아물지 않은 까닭이었다.

"나쁜 놈. 너 때문에 내가 이게 뭐야. 흑."

한참이나 듣고 있던 진자강은 마침내 입을 열었다.

"그건 내 탓이 아니라 백화절곡을 배신한 형 탓이야."

"……."

곽오의 훌쩍거림이 뚝 끊겼다. 전신에 소름이 돋아 있었다.

곽오는 벌떡 일어나 사방을 마구 살폈다. 그러나 이미 땅거미가 진 지 오래고 방에는 불도 켜져 있지 않았다.

심지어 잘 보이지도 않는 눈으로 방구석에 앉아 있는 진자강을 확인할 수는 없었다.

"누, 누구세요?"

꿀꺽, 곽오가 침을 삼키는 소리가 방 안을 울렸다.

"자, 자강이니?"

진자강이 대답했다.

"그래, 나야."

"으, 으아으아……!"

겁에 질린 곽오가 엉덩방아를 찧더니 앉은 채로 마구 뒤로 물러났다. 벽까지 가 등을 기댄 곽오가 덜덜 떨면서 말했다.

"사, 살아 있었어. 정말 살아 있었어. 네, 네가 어떻게?"

진자강은 그 말에는 대답하지 않았다.

"왜 날……."

절벽에서 왜 자기를 밀었느냐고 묻고 싶었지만 굳이 그

럴 필요도 느끼지 못했다. 지금 곽오의 꼴을 보면 그때 무슨 심정이었는지 뻔했다.

곽오는 이제야 정신이 좀 수습된 모양이었다. 곽오는 방 안을 더듬대며 진자강을 찾았다.

"네, 네가 살아 있었구나. 정말 다행이야. 내가 잘못했어. 그때는 내가 눈에 뭐가 씌어서…… 하지만 맹세코 난 너에 대해서는 저놈들에게 한마디도 하지 않았어. 봐, 내 얼굴을. 내가 너에 대해 말하지 않았다고 저놈들이 한 짓이야."

진자강은 곽오를 피해 옆으로 비켜섰다. 더 이상 곽오와 말을 섞기도 귀찮아졌다.

"백화절곡의 식구들은 어디 있어?"

잠시 생각하던 곽오가 대답했다.

"다 죽었어. 저놈들이 다 죽……."

"양일이의 시체를 봤어."

갑자기 곽오가 신난 듯 말했다.

"그랬구나! 그럼 양일이가 가지고 있던 지도도 봤지? 거기 잡혀 있어. 우리 백화절곡 식구들……."

"없잖아."

"아냐, 거기 있어."

"없어. 내가 벌써 갔다 왔거든."

곽오가 흠칫했다.

"거짓말. 너 안 갔잖아. 네가 날 안 믿는 모양인데, 믿어 줘. 이번만큼은 정말 사실이야. 네가 거기 가 보면…… 아니, 같이 가자. 같이 가서 백화절곡의 식구들을 함께 구……."

곽오는 애절하게 설득했지만, 진자강은 잘라 대답했다.

"갔다 왔다고 했잖아. 거기 빨간 손을 가진 사람이 있던데."

"그, 그, 그건……."

"그 사람 내가 죽였어."

순간 곽오가 굳어 버렸다.

"거짓말…… 혀, 혈라수를 네가 어떻게……."

혈라수가 기다리고 있다는 걸 안다는 투의 곽오의 말은 그것 자체로 함정이었음을 시인하는 것이었다.

곽오는 한동안 침묵했다.

더 이상 애원하거나 목소리를 떨지도 않았다. 마치 포기한 사람처럼 한숨을 내쉰 곽오가 말을 내뱉었다.

"지독문이 공격한 건 우리뿐만이 아녔어. 내가 아니었더라도 우리 곡은 어차피 망……."

"그런 건 관심 없어. 우리 식구들은 어딨어. 살았어, 죽었어?"

진자강의 목소리에 저절로 살기가 배었다.

"대답해!"

낮고 날카롭게 이어진 진자강의 질책에 곽오는 움찔했다.

"몰라."

"뭐?"

"어린애들은 노예로 부리고 어른들은 고문했어."

"왜?"

"자세한 건 나도 몰라. 우리 백화절곡의 비법(秘法)들을 알아내려고 그랬던 것 같아."

잠시 말을 끊었던 곽오가 다시 말했다.

"그러다가 얼마 전에 다른 데로 데려갔다는 말을 들었어."

"그럼 아직 살아 있다는 거야?"

"나도 몰라. 무슨 지하로 끌려갔다고 하는 얘기만 들었어. 평생 바깥으로 나오지 못할 거라고……."

진자강이 더 이상 묻지 않자 말이 끊겼다.

한동안의 침묵 후에 곽오가 조심스럽게 물었다.

"나…… 죽일 거야?"

"……."

"죽일 거구나."

어둠 속에서도 곽오의 떨리는 숨소리가 느껴졌다.

곽오는 실의에 빠진 것처럼 멍하니 한참이나 있다가 갑자기 일어났다.

"알았어. 잠깐만 기다려."

갑자기 곽오가 부스럭거리며 움직였다. 방 안을 더듬거리다가 요강을 찾더니 그 밑을 손으로 파기 시작했다.

그 안에서 뭔가를 꺼낸 곽오가 진자강이 있을 거라 생각한 쪽으로 툭 하고 던졌다.

진자강이 그것을 집어 들었다.

얇은 서책이다.

흙을 털어 내고 표지를 보았다.

진자강은 희미한 달빛에 비추어 표지의 글자를 읽을 수 있었다.

백화비경(百花秘經).

대대로 소수의 전승자에게만 전해진다는 백화절곡의 유일한 무공서.

잊고 있었지만 곽오는 그 소수의 전승자 중 한 명이었다.

그런데 그 전승자가 백화절곡을 배신했다…….

진자강은 새삼 분노가 치밀었다. 분노를 참고 억누르며 억지로 입을 열어 물었다.

"이걸 왜?"

"가져가. 내가 저놈들에게 갖은 고초를 당하면서도 끝까지 숨겨 두고 있던 거야. 다른 문파 사람들은 다 뺏겼어도 나는 뺏기지 않았거든."

곽오가 쓴 미소를 지었다.

"어차피 너무 난해하고 어려워서 난 제대로 배우지도 못했어. 그래도 내가 마지막으로 줄 수 있는 게 그것밖에 없구나. 너라면…… 백화비경을 익힐 수 있을 거야."

진자강은 말없이 백화비경을 쓰다듬었다.

백화절곡의 모든 것이 담겨 있는 백화비경…… 그에 담긴 한(恨)이 느껴지는 듯했다.

진자강이 백화비경의 서책을 한 장 한 장 넘겨 보는데 곽오가 다시 말했다.

"내일 새벽 일찍, 약문(藥門) 사람들이 지독문에서 다른 데로 이송된다고 해. 여기서 조금 남쪽에 그 사람들이 잡혀 있는 수레가 있어. 운이 좋으면 그 사람들 틈에 끼어서 여길 탈출할 수 있을 거야. 그다음엔 어떻게 될지 모르지만……."

진자강이 무겁게 입을 열었다.

"나한테 그런 얘기를 뭐하러 해 줘?"

곽오가 크게 한숨을 쉬었다.

"네게 말은 못 했지만 그동안 내가 얼마나 괴로웠는지

아니? 나 하나의 실수로 백화절곡의 식구들이 그렇게 된 걸 생각하면…… 매일 잠도 제대로 자지 못해."

울먹이는 곽오였다.

"내 지난 실수를 용서해 달라고 하면 너무 뻔뻔하겠지. 나도 알아. 하지만 이제 내가 죽고 나면 백화절곡의 전승자는 너뿐이니까. 너는 반드시 살아남아서 우리 백화절곡의 명맥을 이어야 해."

진자강은 무심히 곽오를 쳐다보았다.

곽오가 울면서 말했다.

"자, 그럼 이제 날 죽여 줘. 옛정이 있다고 생각한다면 최대한…… 흑흑…… 최대한 안 아프게 해 줘. 부탁이야. 그것만은 들어주겠지?"

잠시 가만히 있던 진자강이 말했다.

"아니, 지금은 죽이지 않을 거야."

"……뭐?"

진자강은 방 안을 천천히 돌아다녔다. 마치 방 안의 광경을 구경하듯 이것저것을 만져 보기도 했다.

짤그락, 짤그락.

몇 되지 않는 깨진 그릇들도 들었다가 놓아 본다.

그러면서 말했다.

"비참하네."

"으응?"

"이 비참하고 끔찍한 집에서 남은 삶을 괴로워하며 그렇게 살아. 그게 형에게 가장 어울리는 형벌이야."

"자강아……."

진자강은 더 이상 대꾸하지 않았다.

터덜터덜.

발을 절면서 무거운 걸음으로 그냥 집을 나가 버렸다.

끼익, 쿵.

문이 닫혔다.

"크흐흐흑. 크흑흑!"

남은 곽오는 엎드려서 한참이나 오열했다.

그러다가 시간이 한참이나 지난 후에야 고개를 들었다.

"자강아?"

"……."

"자강아? 혹시 있니?"

"……."

곽오는 방 안 여기저기를 더듬거리면서 진자강을 찾았다. 눈은 여전히 아프고 배도 아파서 죽을 지경이었지만 끙끙대면서 좁은 방 안을 다 돌아다녔다.

아무도 없는 듯하자 그제야 우는 소리를 멈추었는데, 돌연 씩씩대기 시작했다.

"이 건방진 놈, 지가 감히 나한테 비참하니 어쩌니 소리를 해 대? 제깟 놈이 얼마나 대단해서! 감히 나한테!"

곽오는 항아리를 찾아서 그 상태로 세수를 하고 그 물을 또 마셨다.

문득 유황 냄새가 코끝을 간질였지만 매일 혼천지에서 맡는 게 유황 냄새인지라 별로 개의치 않았다.

"어푸푸! 아아, 좀 살 것 같네. 아냐. 아파…… 이제는 양쪽 눈이 다 아파. 왜 이렇게 아픈 거야? 입 안도 너무 깔깔한데……."

항아리를 붙들고 끙끙거리던 곽오가 다시금 이를 갈았다.

"두고 보아. 내가 가만있을 줄 아느냐? 당장 망 장로님께 달려가서 네놈을 고하겠다. 그분이 네놈을 얼마나 찾고 있는데. 네놈은 잡히는 순간 산 채로 가죽이 벗겨져 죽을 거야."

곽오는 아픈 와중에 얼굴을 잔뜩 일그러뜨린 채로 낄낄대고 웃었다.

"지금쯤 넌 약왕문(藥王門) 사람들이 잡혀 있는 수레로 가고 있겠지? 암, 그럴 거야. 누구에게도 들키지 않고 거기 숨어 있다가 내게 발견이 되거라. 그러면 난 망 장로님께 너를 찾게 해 준 대가로 이곳을 벗어나게 해 달라고 조를 수 있어. 이왕이면 진수성찬과 미녀들이 가득한 집을 달라고 해야지. 킥킥."

곽오가 비틀거리는 걸음으로 문을 향했다.

"아아, 그런데 너무 아파. 아까보다 더 아픈 것 같아. 조금만 쉬었다 갈까? 아냐. 조금이라도 빨리 가야 날 안 아프게 해 주실 거야. 우욱, 우욱."

곽오는 헛구역질까지 하며 닫힌 문을 힘들게 열었다.

그러나 이내 바위처럼 멈춰 설 수밖에 없었다.

잘 보이지 않지만 문 바깥쪽에 서 있는 사람의 그림자를 볼 수 있었다.

"히에엑!"

곽오는 너무 놀라서 뒤로 엉덩방아를 찧었다. 이제는 눈물에서 진물로 변해 버린 눈을 마구 비벼 앞을 확인하려고 애썼다. 하지만 그래 봐야 더 흐릿하게 보일 뿐이다.

"자, 자강이?"

대답을 기대하고 물은 게 아니었으나, 바깥의 흐릿한 그림자는 당황스러울 정도로 즉시 대답했다.

"응."

진자강의 목소리가 맞았다.

"네, 네가 왜 아직 거, 거기에…… 이, 있니?"

진자강은 아무런 감정이 담기지 않은 듯한, 하지만 그 안에 지독한 울분이 담겨 있다는 게 느껴질 정도로 꽉 누른 음성으로 되물었다.

"모르겠어?"

곽오가 덜덜 떨며 대답했다.

"모, 모르겠는데?"

"아직도 안 죽었으면 죽이려고."

진자강은 방 안의 선반에 올려져 있던 깨진 그릇의 파편을 손에 쥐고 있었다.

그러나 곽오는 그것까지는 보지 못했다.

그냥 진자강의 말이 이해가 되지 않았을 뿐이다.

'아까는 죽이지 않겠다고 했는데?'

혼란스러웠다.

'아니, 그 전에 내가 왜 죽었을 거라고 한 거지?'

진자강이 말했다.

"목이 화해서 얼얼하고 위장이 칼로 쑤시는 것처럼 따끔따끔하지? 속이 더부룩할 거야. 눈에 불이 붙은 것처럼 뜨겁기도 하고."

"어, 어떻게 네가 그걸?"

"내가 그런 거야."

"뭐, 뭐?"

"이제 입 안에 피거품이 들어찰 거야."

그 말대로 곽오는 목에서 부글거리며 비릿한 냄새가 올라오는 걸 느꼈다.

"끅!"

곽오는 뒤로 자빠져 자기 목을 붙들었다. 그러나 그렇다고 피거품이 멈춰지는 것이 아니다.

"사, 살려 줘."

진자강은 그런 곽오를 보며 말했다.

"형이 내게 준 백화비경 말야."

곽오는 흠칫했다. 그것은 원래 진짜가 아니었기 때문이다.

그리고 곧 이어진 진자강의 말에 곽오는 소름 끼치게 놀랐다.

"진짜는 어디 있어?"

곽오의 머리에 당시의 상황이 스쳐 갔다.

망료가 곽오에게 저 백화비경을 주며 말했었다.

—자자, 필사본(筆寫本)이야. 아무래도 진본(眞本)은 내가 가지고 있는 게 안전하지 않겠나? 그래도 자네가 명색이 백화절곡의 유일한 전승자인데 백화비경을 안 갖고 있으면 쓰나 싶어서 내가 직접 필사해서 자네에게 주는 걸세.

곽오는 백화절곡이 몰살당하고 이런 꼴이 되자마자 망료에게 거의 반강제로 백화비경을 빼앗겼다.

그러면서 정작 자기는 필사본을 받게 된 것이다.

그런데 잘 보이지도 않는 이 야밤에 진자강이 그걸 어떻게 알았을까?

"그걸 어떻게……?"

"형 그거 한 번도 안 읽어 봤지?"

곽오는 망설이다가 고개를 끄덕였다. 사실 필사본인걸 알고서는 읽어 보고 싶지도 않았다. 더구나 이런 꼴이 되니 비급이고 뭐고 의욕이 없었다. 읽어 볼 필요성조차 느끼지 못하고 그냥 묻어만 두었던 것이다.

진자강이 곽오의 의문에 대답하듯 말했다.

"안에 아무것도 안 써 있더라고."

곽오는 벼락이라도 맞은 것처럼 몸을 경직시켰다.

'그럼 제목만 달랑 써 놨단 거야?'

분노가 차올랐다. 피거품이 더 심하게 입에서 꾸역꾸역 밀려 나왔다.

"끄으윽! 끄윽! 마, 망 장로! 당신이 내게! 끅끅!"

곽오는 몸을 떨면서 진자강을 향해 손을 내밀었다.

"살려 줘. 살려 줘. 이렇게 죽고 싶지 않아."

진자강은 곽오의 손을 잡지 않았다.

한 달 전, 진자강이 곽오를 향해 그렇게 간절하게 그렇게 손을 내밀었지만 곽오는 그런 진자강을 절벽으로 밀어 버렸었다.

그 모습이 아프게 겹쳐져 진자강은 이를 꾹 물어야 했다.

곽오는 자기가 이제 죽을 걸 알았는지 악독한 표정이 되어 말을 내뱉었다.

"난 그냥 실수했을 뿐이야, 끄윽. 그런데 사람을 한 번의 실수로 이렇게 죽게 해? 넌 나보다도 더 나쁜 놈이야. 네가 나보다 나쁜 놈이라고! 끄윽!"

곽오는 마구 발버둥을 치다가 간질이 온 것처럼 팔다리를 덜덜 떨더니 곧 숨을 거두었다.

진자강의 마음은 매우 무거워졌다.

본래 곽오가 눈앞에서 죽는 걸 보는 것까지는 원치 않았기 때문에 석웅황의 독액을 끌어 올려 물통에 두 방울이나 짜 넣었다.

그러나 곽오는 끝끝내 진자강의 앞에서 죽었다.

자기가 잘못했다는 건 인정하지 않은 채.

진자강은 묵묵히 곽오를 바라보다가 혼잣말로 중얼거렸다.

"형은 그걸 실수라고 말했지만 그건 실수가 아냐. 그냥 우리를 배신한 거지. 사문을, 동문을 팔아넘겨서 죽게 만들었잖아."

끼익.

과거의 추억을 더럽고 비좁은 집 안에 남긴 채.

진자강은 문을 닫았다.

*　　*　　*

곽오의 마지막을 지켜본 것은 매우 불편했지만 덕분에 많은 정보를 얻었다.

내일 다른 곳으로 이송되는 사람들이 있다고 한 건 사실인 듯했다. 곽오는 그들을 약왕문의 사람들이라고 불렀다.

지금이라도 그쪽으로 가서 몰래 숨어든다면 어떻게든 지독문을 탈출할 수 있을 것 같았다.

그러나, 진자강은 망설였다.

품 안에 넣은 백화비경 때문이다. 그게 가짜임을 알면서도 버릴 수가 없는 것은 진자강의 마음을 대변하는 것이었다.

갈등하던 진자강이 결단을 내렸다.

'진본을 찾아야 해. 떠나는 건 그 이후야!'

살아남는 것은 중요하다. 정말로 중요한 일이다.

그러나 백화절곡의 맥이 이대로 끊어진다면 진자강은 단순히 살아남는 것, 그 이상의 의미를 가질 수 없게 될 터였다.

백화비경의 진본을 찾아야 한다는 건 어쩌면 진자강에게 남은 마지막 사명일지도 모른다.

백화비경의 존재를 몰랐으면 모르되, 이젠 알게 되었지 않은가.

누가 그 백화비경을 가지고 있는지도.

진자강은 곽오의 집을 떠났다.

무작정 백화비경의 진본을 찾겠다고 나선 건 아니다. 진자강도 나름대로 생각이 있었다.

'우선은 그 노괴(老怪)가 있는 곳을 찾자.'

진자강이 망료에게 잡혀 온갖 실험을 당하던 장소는 용의선상에서 제외했다. 거기에서는 망료가 책을 읽는 걸 본 적이 거의 없었다.

그렇다면 몸에 지니고 있거나 자기가 거(居)하는 곳에 두었을 가능성이 컸다.

진자강은 백화비경을 품고 오물 수레가 다니는 샛길을 통해 길을 올랐다.

지독문은 산비탈의 길을 따라 전각들을 지었다. 덕분에

전각들이 밀집되어 있지 않아 진자강이 운신할 수 있는 여지가 제법 있었다.

주위를 살피며 계속해서 길을 재촉했다. 깊은 밤이라 드문드문 횃불이 밝혀져 있었고, 길을 따라 순찰을 도는 무사들도 있었다.

진자강은 그중에 적당한 곳을 골랐다.

두 명의 무사가 칼을 차고 지루한 듯 서 있는 중이었다.

진자강은 크게 심호흡을 했다. 그리고 단전에서 독기 한 방울을 끌어 올려 오른손 새끼손가락으로 빼내었다.

이어 들고 있던 깨진 그릇 조각의 끄트머리로 새끼손가락의 독기를 묻힌 후, 자기의 얼굴을 그었다.

굳이 피가 날 정도로 그을 필요도 없었다. 두어 군데를 살짝 그은 것만으로 벌써 저릿한 통증이 왔다. 얼마 지나지 않아 얼굴이 퉁퉁 부었다.

얼굴이 부은 것을 확인하자마자 진자강은 앞으로 뛰쳐나갔다.

"우우우! 우우우우!"

횃불을 켜 놓고 하품을 하던 두 무사들이 깜짝 놀라 진자강을 쳐다보았다.

"뭐, 뭐야!"

진자강은 백화비경 필사본을 내밀고 쉰 듯한 목소리로

외쳤다.

"망료 장로님께 빨리……!"

그러고는 앞으로 고꾸라졌다.

무사들이 서로 쳐다보며 미루다가 결국 마름모꼴 얼굴의 무사가 다가왔다. 무사가 찝찝한 얼굴로 진자강이 내민 백화비경을 집으려 했다.

"으으."

진자강은 비급을 건네는 척하면서 백화비경 아래 숨겨 둔 깨진 그릇 조각으로 무사의 손가락 끝을 그었다.

"앗, 따거!"

무사가 놀라서 펄쩍 뛰었다. 멀찍이 떨어져 있던 동료 무사도 같이 놀랐다.

"왜 그래?"

"서책에 베……."

진자강이 무사의 말을 가로막았다.

"끄윽, 끄윽. 망료 장로님을 빨리!"

"아니, 그게……."

마름모꼴 얼굴의 무사는 말을 다 하지도 못하고 자기의 손을 바라보았다. 손가락이 퉁퉁 부었다.

"어어어!"

마름모꼴 얼굴의 무사는 다리에 힘을 잃고 주저앉았다.

그러더니 이내 거품을 물고 옆으로 쓰러졌다. 금세 팔다리를 부르르 떨며 경련을 일으켰다.

피로 독이 들어가 그런지 생각보다 빠르게 독이 작용했다.

“어이! 어이!”

하나 남은 무사가 진자강과 마름모꼴 얼굴의 무사를 번갈아 보았다.

진자강은 얼굴이 퉁퉁 부었고 마름모꼴 얼굴의 무사는 손이 부어서 입으로 피거품을 쏟고 있다.

누가 봐도 독에 중독된 모습이었다.

“으……!”

진자강이 백화비경을 여전히 들고 흔들어 댔지만 남은 무사는 섣불리 다가오지도 못했다. 왜 똑같이 중독된 진자강은 아직 멀쩡한데 자신의 동료만 죽어 갔는지도 생각하지 못할 정도로 혼비백산한 상태였다.

“여, 여기서 기다려!”

무사는 진자강에게 그렇게만 말해 놓고 길을 거꾸로 뛰어갔다.

그 뒤에 남은 진자강은 눈을 빛냈다.

‘됐다!’

진자강이 몸을 일으켰다.

*　*　*

무사는 갈림길을 두어 번 지나서 눈에 보이는 단층집으로 뛰어갔다. 진자강이 잡혀 있던 곳에서 그리 멀지 않은 곳이었다.

가는 동안 경계를 선 무사들을 만나면 뒤를 가리키며 소리를 쳤다.

"저쪽으로 가 봐. 빨리!"

그 소리를 덕분에 오히려 뒤를 따르던 진자강은 몸을 숨길 시간이 충분했다. 경계 무사들이 놀라서 달려가느라 바로 옆 바위에 숨은 진자강을 보지 못하고 지나칠 정도였던 것이다.

단층집의 마당으로 달려간 무사가 문밖에서 무릎을 꿇고 고했다.

"장로님! 큰일났습니다. 어서 나와 보십시오!"

자고 있었는지 부스스한 얼굴로 망료가 인상을 쓰며 지팡이를 짚고 나왔다.

"무슨 일이냐?"

"어떤 놈이 중독된 꼴로 나타나서 장로님을 불러 달라고 했습니다."

"어떤 놈인데?"

"중독돼서 얼굴이 엉망이라 알아보진 못했습니다만, 허드렛일을 하는 놈들 중에 한 명 같았습니다."

"그런데?"

"놈이 책을 들고 있었는데, 상태가 좀 이상했습니다."

"책은 어디 있나."

무사가 재빨리 말을 이었다.

"그 책을 가져오려 했으나 독이 발라져 있는지 집으면 중독이 돼서 집을 수가 없었습니다. 저희들 중 한 명이 책을 집으려다 중독됐습니다! 어서 가 보셔야 할 것 같습니다."

망료가 짜증 나는 얼굴로 귀를 후볐다.

"그까짓 일로 나를……."

망료는 말을 하다가 문득 생각이 났는지 무사를 돌아보았다.

"무슨 책이라고?"

"백화비경이라고 쓰여 있었습니다!"

망료가 하나밖에 없는 외눈을 크게 치켜떴다.

"뭣이라!"

망료는 저도 모르게 방 안을 쳐다보았다가 다시 고개를 돌렸다.

"거기가 어디냐!"

"바로 저 아래 밑입니다!"

"가자!"

망료는 곧바로 마당에 내려왔다. 지팡이에 익숙해졌는지 절뚝거리면서도 걸음이 굉장히 빨랐다.

망료와 무사가 달려가고 나자, 진자강은 곧바로 마당 한편에 있는 굵은 나무의 그늘에서 뛰쳐나왔다.

백화비경의 얘기를 할 때 망료는 방을 쳐다보았다. 분명히 거기 있는 게 확실했다.

망료가 정신이 없었는지 문도 열려 있었다. 방문으로 들어가자 한쪽 면은 책이 가득한 서가(書架)가 있었고, 다른 쪽엔 침상과 여러 약재 같은 것들이 놓여 있었다.

'어디 있지? 어디?'

진자강은 마음이 다급해졌다. 아무리 어둠에 익숙해졌다 하더라도 저 수많은 책들 속에서 백화비경 한 권을 찾는 건 쉬운 일이 아니었다.

시간이 없었다.

'아냐, 저기엔 없어!'

백화절곡이 삼류 문파 취급을 받고 있지만 오랜 세월 명맥을 지켜 온 문파다. 아무리 그래도 그 백화절곡의 비급을 저런 서책들 사이에 끼워 두고 있을 리 만무하다. 곽오에게 진본이 아니라 필사본을 줬을 정도라면 백화비경의 가치가 낮지 않다는 뜻일 터였다.

진자강은 아까 망료가 백화비경이란 얘기를 듣고 무의식적으로 뒤를 돌아보았다가 금세 고개를 돌린 걸 떠올렸다.

'백화비경이 안전한 곳에 있다는 걸 깨달은 거야.'

안전한 곳.

어딜까.

진자강은 방을 마구 돌아보며 살폈다. 문득 서가의 옆에 놓인 상자 하나가 보였다.

겉으로 보기에도 수상해 보이는 상자였다. 너무 뻔한 곳에 있어서 거기에 있을까 싶었지만, 책을 넣어 둘만한 건 거기밖에 없었다.

자물쇠도 없이 닫힌 상자다.

망료는 귀찮은 걸 싫어한다. 자물쇠로 일일이 열고 닫는 게 싫었을 것이다. 하지만 그 대신 다른 게 있을 건 뻔했다.

진자강은 마음을 굳게 먹고 상자의 뚜껑을 잡았다.

아니나 다를까.

그 순간 날카로운 것이 튀어나와 진자강의 손바닥을 찔렀다.

'앗!'

진자강은 급히 이를 악물고 신음을 삼켰다.

손바닥에 바늘이 꽂혔다.

독바늘일 터였다. 꽂히는 순간 손바닥이 뻐근했다. 독이 꽤 맹렬한지 머리가 핑 돌았다.

'괜찮아. 괜찮아.'

진자강은 손이 더 붓기 전에 바늘을 뽑고 뚜껑을 꽉 잡아 다시 열었다.

핑!

다시 한 번 바늘이 튀어나왔는데 이번엔 머리 위로 스쳐 지나갔다. 천장에 바늘이 박혔다.

아마도 어른의 키로 계산해서 장치를 설치해 두었기 때문에 맞지 않은 것 같았다. 그래도 진자강은 등골이 서늘했다.

'휴.'

뚜껑을 치웠다.

그 안에는 두 권의 서책이 들어 있었다.

'있다!'

쌓여 있던 책들 중 두 번째 것이 백화비경이었다. 혹시나 해서 내용을 확인해 보니 안에는 글씨며 그림이며 잔뜩 채워져 있었다. 진본인지는 확인할 수 없지만 필사본은 아닌 듯했다.

백화비경을 꺼내다가 그 아래에 있는 책에도 눈이 갔다.

진자강은 고민하지 않고 그 책까지 같이 챙겼다.

'본초양공(本草養功).'

처음 보는 제목이었지만 상관없었다. 남의 비급이 탐나서가 아니라 이왕이면 망료가 못 쓰도록 하기 위해서였다.

책 두 권을 옷 안으로 넣어 배에다 넣고 단단히 묶었다. 그리고 상자 안에는 가짜 백화진경을 넣어 놓았다.

그냥 넣어 두기만 하려다가 자기 손에 꽂혔던 독바늘을 주워 백화진경의 표지에 보이지 않게 끼워 두었다.

상자 뚜껑을 다시 닫았다.

'됐어.'

드디어 사문의 비급 진본을 찾았다. 가슴이 벅찼다. 하지만 아직 기뻐해서는 안 된다.

진자강은 방 밖을 살피며 밖으로 나왔다. 집 뒤쪽으로 돌아 내려와 오물을 모아 버리는 구덩이 쪽으로 갔다. 그쪽에 난 길은 오물 수레가 다니는 길이라 사람이 훨씬 적게 다니는 곳이다.

더러운 냄새가 났지만 가릴 때는 아니었다.

'이제 약왕문의 사람들이 잡혀 있는 수레를 찾아야 해.'

진자강은 비급을 넣어 둔 배를 툭툭 쳤다.

아직 긴장은 풀리지 않았지만, 망료가 알고 나서 속이 상할 걸 생각하니 조금은 기분이 좋아진 진자강이었다.

*　*　*

망료가 무사의 안내를 받아 내려왔을 때에는 이미 십여 명의 무사들이 둥글게 모여서 웅성대는 중이었다.

망료는 무사들을 헤치고 들어갔다.

무사 한 명이 바닥에 널브러져 죽어 있었다. 망료는 손에 녹피 장갑을 끼며 외쳤다.

"책은!"

"저희가 왔을 땐 아무것도 없었습니다!"

"멍청이들."

망료는 이를 갈았다. 그래도 손은 이미 움직이고 있었다. 죽은 무사의 눈을 뒤집어 보고, 입을 열어 혀도 빼 보았다.

그러다 갑자기 신발을 벗겨 발톱 끝을 확인했다.

책에 베인 것으로 추정되는 손도 유심히 보았다.

그러던 망료의 입에서 어이가 없다는 투의 말이 새어 나왔다.

"뭐야, 이건……."

무사들이 모두 망료를 주목했다.

"중독된 게 조금 전이라며?"

"네."

"그런데 벌써 혓바늘이 돋고 손발톱이 검푸르게 변색됐다. 이 정도면 거의 비상 열 사발은 들이켜야 생기는 급성 증상들인데?"

무사들이 웅성거렸다.

뒤늦게 지독문의 고수들도 슬슬 나타났다.

"망 장로. 무슨 일이오?"

망료는 대답 없이 인상만 쓰고 있다가 지독문의 고수들을 둘러보곤 눈을 치켜떴다.

"혈라수는?"

지독문의 장로 중 한 명이 어리둥절해하며 물었다.

"혈라수는 망 장로가 우겨서 저기 어디를 지키게 만들지 않았소이까?"

"그러니까 그 혈라수는 지금 어디 있느냔 말이다! 며칠씩 교대로 지키기로 했잖아!"

주송이라는 이름의 지독문 고수가 얼떨떨해하며 말했다.

"원래는 오늘 밤부터 내가 번을 서는 날입니다만, 아직 묘옹에게 연락이 오지 않아 기다리고 있는 중입니다."

그 말을 들은 망료의 어깨가 부르르 떨렸다.

지독문의 고수들이 걱정스러운 얼굴로 망료를 불렀다.

"망 장로?"

그러나 망료에겐 다른 이상이 있는 게 아니었다. 오히려 웃고 있었다.

망료가 살기 띤 외눈으로 입이 귀까지 찢어져라 미소를 짓고 있었다!

"놈이다. 놈이 돌아왔어!"

이제는 지독문의 인사들은 모두가 안다. 망료가 지독하게 집착하고 있는 그 '놈'이 누구인지.

지독문의 고수들이 한숨을 내쉬었다.

"망 장로. 듣자 듣자 하니 너무 하는 거 아니오? 그 꼬마가 무슨 악귀라도 되오? 한 달 전에 혼천지에 떨어진 놈이 어떻게 돌아왔으며, 또 설사 돌아왔다손 치더라도 혈라수를 뭐 어떻게 했다는 거요, 뭐요?"

망료는 그네들의 말에는 별로 신경 쓰지 않았다.

"킬킬킬. 마음대로 생각하시지."

다른 고수가 물었다.

"그럼 놈이 지금 어디 있다는 거요?"

망료가 킬킬대며 대답했다.

"삼산봉!"

망료가 멀리 봉우리를 가리키며 자신만만하게 소리쳤다.

"놈은 저어기 혈라수가 지키고 있는 삼산봉으로 갔다!"

모여 있던 모두가 웅성거렸다.

"아니, 사단은 여기에서 났는데 왜 삼산봉에 가 있다는 겁니까?"

망료가 딱 잘라 말했다.

"그건 그놈이 어떤 놈인지 모르는 등신들이나 할 말이지. 놈이 얼마나 독한 놈인지 알아? 독기가 풀풀 나는 동굴에서, 저 혼천지에서도 한 달을 버티고 기어나온 놈이란 말야."

망료에게 의문을 제기했던 자의 얼굴이 찡그려졌다.

망료는 여전히 킬킬댔다.

"나는 최근 놈의 문파 소속이었던 노예 아이 하나를 미끼로 써서 놈을 유인했지. 그런데 평소 같으면 진득하게 한 달을 기다릴 놈이 곧바로 미끼를 물었어. 어떤 이유에서인지 몰라도 놈은 매우 급했다. 그럼 그 독한 놈이 그냥 아무런 대비 없이 삼산봉으로 갔을까? 아니지. 놈은 필시 잔머리를 굴렸겠지. 그러니까 여기서 사단이 났다고 놈이 여기 있다 생각하면 안 돼."

망료가 큰 소리로 말했다.

"성동격서(聲東擊西)! 놈은 혼천지를 나와 그곳에서 오물을 버리는 놈 하나를 몰래 중독시켰다. 이 시간쯤 독이 발작하도록 만든 게야. 그래서 우리가 여기를 이 잡듯이 뒤지는 동안, 삼산봉에서 백화절곡의 식구들을 구할 생각인 것이지."

"백화절곡의 문도들은 저번에 지하 갱도로 보내 버렸잖소."

"당연히 여기 없지. 이건 내가 판 함정이니까. 하지만 놈은 자기 식구들이 살아 있다고 믿고 있으니까 이런 짓을 한 것이야."

다른 고수가 물었다.

"그럼 중독된 자는 누구요?"

"백화비경이라는 책을 들고 있다고 했으니 곽오라는 놈일 것이다. 그 책을 내가 줬거든."

지독문의 고수가 무사들에게 명령했다.

"곽오라는 놈을 찾아와!"

망료가 혀를 찼다.

"쯧쯧, 찾아봐야 소용없어. 지금쯤은 시체나 되어 어디 뒹굴고 있겠지."

"대체 꼬마가 그런 독을 어디서 구했다는 것이오?"

"나라고 그런 생각을 안 해서 이런 꼴이 됐을까? 놈을 우습게 보면 나처럼 이렇게 당하는 거야."

망료가 자기의 눈과 다리가 이 꼴이 된 걸 보라는 투로 지팡이를 딱딱 쳤다. 누가 자기를 이렇게 만들었느냐고 묻는 듯한 표정이었다.

"날 이 꼴로 만들었을 때에도 난 놈의 수중에 독이 있을 거라고 꿈에도 생각하지 못했다네."

망료는 녹피 장갑을 벗고 움직일 채비를 했다.

"만에 하나 놈을 놓칠 경우가 생길지 모르니 이쪽의 경계를 더욱 철저히 하도록 하고, 나머지는 지금 바로 삼산봉으로!"

第七章

한 놈 더 있다

진자강이 의도한 건 아니었으나 망료가 지독문의 고수들과 삼산봉으로 대거 이동한다고 소란을 피운 탓에 진자강은 비교적 무난하게 움직일 수 있었다.

한참을 내려가자, 곽오가 말한 대로 일단의 사람들이 줄줄이 묶인 채로 서로 기댄 채 잠들어 있는 모습이 보였다.

'저 사람들이 약왕문의 이들일까?'

전부 해서 열한 명이었다.

옆에는 그들을 싣고 갈 큰 수레들이 놓여 있었다. 진자강은 그들 속에 숨어들고 싶었지만 지키고 있는 경비 무사들의 눈빛이 삼엄해서 도무지 틈을 엿볼 수가 없었다.

망료에게서 책을 찾아온 게 자정이 훨씬 지났던 시각이었는지라 잠깐 기다리는 사이 벌써 새벽 동이 어스름하게 터 오고 있었다.

그때 무사 한 명이 멀리서부터 걸어오며 여기저기 숙소의 문을 두드리고 얘기를 하는 게 보였다.

진자강은 바짝 긴장해서 나무 뒤로 몸을 더 붙여 숨었다.

무사는 약왕문의 사람들을 지키고 있는 경비 무사들에게까지 다가왔다.

"여긴 별일 없지?"

"무슨 일이야?"

"본산에서 무슨 일이 생겼나 봐. 누가 탈출했다나 뭐래나."

"어차피 우리는 금방 출발할걸."

"아무튼 조심하라고."

그 무사에게 모두의 이목이 쏠린 틈이 최고의 기회였다. 시간이 조금만 더 지나면 날이 훤해져서 다시는 이런 기회가 없을 터였다.

진자강은 바닥을 기어 붙잡힌 사람들에게까지 이동했다. 금방이라도 들킬까 봐 온몸에 땀이 축축하게 났다. 뛰면 금방일 수레까지 가는 길이 그렇게 멀 수가 없었다.

다행히도 수레바퀴의 그늘까지는 무사히 도착했다. 그리

고 사람들의 근처에까지 몰래 다가갔는데, 갑자기 시선이 느껴졌다.

묶여서 기대어 자고 있던 사람들이 소란에 눈을 뜬 것이다. 그중 몇 명이 다가오는 진자강을 쳐다보고 있었다.

의심 반, 경계 반의 눈초리였다.

그들은 진자강에게 별말을 하지 않았다. 그들도 귀가 있다. 방금 누가 탈출했다고 한 말을 들은 참이었다.

"……."

진자강은 마른침을 삼켰다. 이제는 더 이상 물러서거나 달아날 길도 없다. 그저 그들이 가만히 있어 주기를 기다리는 수밖에.

긴장의 순간이 지나갔다. 이대로 믿음을 잃으면 들키고 만다.

그때 진자강은 퍼뜩 생각이 났다.

가장 가까이에 있던 중년의 남자를 향해 조그맣게 말을 던졌다.

"본초양공."

심한 고초를 당했는지 얼굴에 채찍 자국까지 난 중년인의 표정이 일순간에 확 변했다.

진자강은 앞섶을 열어 백화비경과 함께 챙겨 놨던 서책을 슬쩍 보여 주었다.

그러자 중년인이 진자강을 끌어당겼다.

중년인이 진자강의 귀에 속삭여 물었다.

"넌 어디서 왔느냐."

"백화절곡이요."

중년인이 다른 사람들에게 말을 전하자, 몇몇의 낯빛이 어두워졌다.

"백화절곡까지……."

그들은 진자강의 겉모습을 보고 탄식까지 했다.

"못된 놈들."

하지만 자기들이라고 멀쩡한 모습은 아니었다. 몇 달이나 고문을 받아 얼굴은 초췌하고 몸 곳곳에는 피딱지가 엉겨 있었다.

중년인이 말했다.

"나는 약왕문의 부문주인 용명이라고 한다. 본초양공은 지독문이 우리에게서 빼앗아 간 본 문의 비급이다. 네가 백화절곡에서 왔다면 너 역시 우리와 같은 약문의 일파로구나."

인자한 얼굴과 말투가 나쁜 사람인 것 같지는 않아 진자강도 자기 이름을 밝혔다.

어차피 용명이 알 만한 이름은 아니어서 용명은 이름엔 별로 신경 쓰지 않았다.

"탈출했다는 게 너냐?"

진자강이 고개를 끄덕였다.

용명이 진자강에게 말해 주었다.

“그게 사실이라면 너는 이리로 오면 안 되었다. 우리는 잠시 후면 남화의 지하 갱도로 끌려갈 것이다. 그곳으로 가면 다시는 바깥으로 나올 수 없게 된다.”

“달리 갈 곳이 없었어요. 그리고 이것, 받으세요.”

진자강은 본초양공을 꺼내 주려고 했다.

“우리는 산공독(散功毒)에 당해 내공을 잃었다. 네가 우리에게 은혜를 베풀어도 우리는 널 도울 수가 없어.”

진자강은 애초에 누군가에게 도움을 청한다는 건 조금도 염두에 두지 않고 있었다.

“그건 제가 알아서 할게요.”

그때 갑자기 경비 무사들이 분주하게 움직이기 시작했다.

“쉿. 일단 넣어 둬라.”

용명의 시선을 따라 진자강이 내다보니 지독문의 고수 둘이 멀리서부터 다가오고 있었다. 이들을 끌고 남화에 있다는 지하 갱도로 갈 이들인 듯했다.

산속의 하루는 짧다. 때문에 이른 새벽부터 출발하려는 것이다.

용명이 밧줄의 남은 부분으로 진자강을 대충 둘러 주어 묶은 것처럼 보이게 했다.

지독문의 고수 둘이 다가왔다. 그들은 잡힌 이들을 쭉 훑어보더니 무덤덤하게 말했다.

"갈 길이 멀다. 출발하자."

"예!"

경비 무사들이 수레 두 대에 말을 연결하고 사람들을 태우기 시작했다. 진자강도 수레에 태워졌다.

산문을 향해 수레가 내려갔다.

철통같은 경계 명령이 내려졌기 때문에 가는 동안 수많은 무사들과 고수들이 길목을 지키고 있는 것을 볼 수 있었다. 하지만 약왕문의 포로들까지는 별다른 확인을 하지 않았다.

대충 둘러보고 통과시켜 줄 따름이었다.

'됐다. 이제 나갈 수 있어!'

진자강은 머지않은 산문을 보며 감회에 젖었다.

몇 달 만에 지독문을 벗어나게 되는 것이다.

이제 남은 것은 이 수레에서 어떻게 탈출할지, 그것뿐이었다.

* * *

외다리가 되어 경공도 쓰지 못하는 망료는 남들보다 뒤

늦게 삼산봉에 도착했다.

망료가 도착했을 때에는 벌써 해가 한참 뜬 오전이었고 다른 고수들이 와서 주위로 수색까지 나간 차였다.

망료는 오자마자 백화절곡의 생존자들이 갇힌 것으로 위장해 둔 벽돌집을 다시 한 번 확인했지만 당연히 텅 비어 있었다.

"혈라수는?"

삼산봉을 지키고 있던 무사가 와서 보고했다.

"순찰을 나가서 돌아오지 않으신 지가 이틀이 넘었습니다."

"뭐?"

망료는 순간 혼란스러워졌다.

"시간 계산이 안 맞는데?"

진자강이 움직였으리라 생각한 건 어제다. 어제 아침 혼천지를 올라와서 곽오에게 수작을 부리고 곧장 이곳 삼산봉으로 향했으리라 추측했다.

그런데 혈라수가 보이지 않은 게 이틀이 더 되었다?

진자강이 이곳에 먼저 왔었단 말인가?

혈라수가 어디서 천재지변으로 뒈져 버린 게 아닌 이상에야, 그만한 고수가 임무를 져 버리고 도망갈 리는 없는 것이다.

그때 근처에서 긴 휘파람 소리가 들렸다.

"찾았다! 혈라수를 찾았습니다!"

망료와 고수들은 즉시 그 말에 따라 이동했다. 벽돌집에서 좀 거리가 있는 산속이었다.

그곳에서 혈라수 묘옹은 낙엽에 파묻힌 채 싸늘한 시체가 되어 있었다. 팔은 퉁퉁 부어 있고 피부는 시커멓다.

괜히 독에 중독이 될까 봐 다들 가까이 가지 않고 있었으나 망료는 거침없이 다가갔다. 녹피 장갑을 끼고 부어 있는 손과 입 안을 살폈다.

"아까와 똑같아. 손끝이 각화(角化)되어 각질이 생겼어. 비상에 중독된 게야."

지독문의 고수들이 의아해했다.

"얼굴이 시커먼 것을 보니 목이 졸린 것 아닙니까?"

"목이 졸린 흔적이 없다."

"얼굴이 저런 색인 것은 피가 통하지 않아서……."

"혀 밑에 청심환이 녹은 흔적이 있다. 혈라수는 고수야. 중독당한 순간 독에 당한 걸 알고 청심환을 문 채 스스로 심장을 멈춰서 독이 퍼지는 걸 막았어."

망료가 이를 깨물었다.

"그런데 그 혈라수가 다시 심장을 뛰게 하지 못하고 죽을 상황이 뭐가 있지?"

지독문의 고수들이 마른침을 꿀꺽 삼켰다.

망료가 그렇게 진자강, 진자강 노래를 불렀을 때에도 솔직히 비웃었다.

그런데 지금, 아마도 그 꼬마에 의해서라고 추정되는 혈라수의 죽음을 목도하니 믿지 않을 수가 없었다.

이게 있을 수 있는 일인가?

고수 한 명이 말했다.

"혹시 외부의 조력자가 침투했다거나……."

망료가 혈라수의 눈을 뒤집어 보였다. 눈에 혈관이 다 충혈되어 시뻘겠다.

"그랬다면 더 제대로 된 독을 썼겠지. 봐라. 각막에 상처가 나고 눈 근처에 물집이 잡혔다. 놈은 흔한 풀독으로 혈라수의 눈을 가렸어."

망료는 두리번거리며 독이 되었을 만한 풀을 찾았다. 멀리 찾지 않아도 금방이었다. 주변에 잔뜩 널려 있는 노란 꽃들이 보였다.

"모간이군."

혈라수를 괴롭힌 원인은 찾았으나, 여전히 진자강이 언제 이곳에 왔는가는 의문이다.

"혹시 우리가 이곳에서 허탕을 치고 돌아가기를 어딘가에서 기다리고 있을까?"

진자강이라면 충분히 그럴 만도 하다. 만약 그렇다면 어딘가에서 보고 있을 수도 있다.

그러나 그게 아니라면?

"만약에 놈이 그제 이곳을 들렀다가, 어젯밤 본 문으로 잠입을 한 거라 치면……."

목적을 생각해 보자면 둘 정도다.

배신자인 곽오를 죽이는 것과 지독문에서 벗어나는 것.

"흠?"

불현듯 어제 중독이 되었다던 그 곽오로 추정되는 놈이 백화비경을 들고 있었다는 얘기가 떠올랐다.

—책을 가져오려 했으나 독이 발라져 있는지 집으면 중독이 돼서 집을 수가 없었습니다.

자신이 곽오에게 준 백화비경은 아무런 쓰잘머리가 없는 백지 서책이다. 그런데 곽오가 죽어 가면서 굳이 그걸 들고 있었다고?

그때는 무심코 그 책에 독이 묻어 있었다고 생각했다. 하지만 따지고 보면 그 쓸모없는 책을 곽오가 들고 다닐 리도 없고 집 안에나 처박아 두었을 것이다.

그렇다면 책에 독을 뿌려 놓았을 때에 이미 진자강이 지독문에 잠입해 있었단 뜻일까?

망료는 머리가 복잡해졌다.

한데 무사 하나가 쭈뼛거리면서 망료의 앞으로 왔다.

"저…… 말씀드릴 일이 있습니다."

그 무사는 다름 아닌 곽오와 진자강에게 시비를 걸었던 무사였다.

"뭐냐!"

"그게…… 어제저녁에 제가 오물을 치우는 곽가란 놈을 보았는데, 좀 이상했습니다."

"뭐가 말이냐?"

"한쪽 눈이 충혈되어 시뻘갰는데 마치 지금 이 혈라수님의 시신과 비슷했습니다."

망료의 눈썹이 튀었다.

"자세히 말해 봐라."

"자꾸 앞도 안 보이고 배도 아프다면서 쩔쩔맸습니다. 아, 그리고 그 뒤에서 수레를 미는 꼬마가 있었습니다."

망료의 눈이 크게 떠졌다.

"혀가 심하게 부어서 말을 못하는 꼬마였는데, 외모가 너무 흉해서 보기가……."

"그걸 왜 이제 얘기해!"

망료의 질타에 무사가 급히 무릎을 꿇었다.

"저는 그 일이 이것과 관계가 있는지 몰랐습니다! 혹시 그게 관계가 있다면 지금이라도 말씀드려야겠다 싶어서……."

무사의 말이 끝나기도 전에 망료의 지팡이가 허공을 날았다.

빼억!

무사의 얼굴이 일그러지며 이빨이 튀어 나갔다. 무사는 바닥을 굴렀다.

"아아악!"

"그러니까 그걸 왜 이제야 말하느냐고, 이 멍청아!"

망료는 발 대신 지팡이를 들어 무사를 두들겨 팼다.

퍽퍽. 퍽퍽.

"아악, 아악! 살려 주십쇼! 저는 그게 관련이 있는지 몰랐습니다!"

살려 달라는 말에 망료의 눈이 시퍼런 빛을 뿜었다.

"네놈이 살려 달라는 말을 할 가치가 있느냐!"

퍽!

무시무시한 기세로 내려찍은 지팡이가 무사의 머리를 찍었다. 무사가 축 늘어졌다.

죽진 않았으나 여러 날 요양을 해야 할 모습이었다.

그럼에도 망료는 아직 분이 풀리지 않아 씩씩댔다.

그런 망료를 지독문의 고수들은 불편한 눈으로 쳐다보았다.

"고정하십시오, 장로님! 지금 그럴 때가 아니지 않습니까!"

"뭣이라?"

"놈이 어디로 갔든 독 안의 쥐입니다. 놈이 사람인 이상 본 문의 감시망을 벗어날 수는 없을 겁니다. 사냥개를 풀어서 온 산을 샅샅이 뒤지면……."

"독 안의 쥐? 그놈은 벌써 두 번이나 내 손에서 벗어났어! 저 망할 혼천지에서도 살아 돌아온 놈이 그놈이야! 또다시 혼천지로 숨어들면 못 잡아!"

망료는 잔뜩 헝클어진 머리칼을 마구 헤집으며 허연 눈을 뜨고 소리를 지르다가, 갑자기 행동을 멈추었다.

"잠깐, 그게 놈이었어?"

중독되었다던 자가 곽오가 아니라 진자강이라고 생각한 순간, 많은 의문이 풀렸다.

"날 이쪽으로 유인했군!"

어떻게 보면 망료는 자기 꾀에 자기가 넘어간 셈이었다. 하지만 자기가 진자강에게 속아서 이곳에 오게 되었다고 생각하자마자 진자강의 다음 목적지가 절로 떠올랐다.

"약왕문!"

심문을 끝낸, 그러니까 정확하게 말하자면 필요한 걸 다

뽑아내고 쓸모가 없어진 약왕문의 제자들을 죽음의 지하 갱도로 보내는 게 오늘이다.

그리고 그것이 오늘 지독문에서 유일하게 외부로 나가는 일정이다.

망료가 가장 발이 빠른 고수를 돌아보며 소리를 질렀다.

"지금 당장 달려가서 남화로 가는 약왕문의 수레를 돌리라고 해!"

* * *

진자강과 약왕문의 사람들은 수레에 실려 별문제 없이 지독문의 경내를 지났다.

마침내 수많은 경비 무사가 있는 관문까지도 통과했다.

진자강은 가슴이 뜨거워졌다. 아직 수레에서 달아날 방법을 찾지 못했음에도 다 해낸 것 같은 기분이었다.

'드디어…….'

눈에 눈물이 맺혔다.

그간 지독문에서 당해 온 온갖 고난과 서러움이 모조리 떠올랐다. 그 역경을 전부 헤치고 여기까지 온 것만도 자랑스러웠다.

진자강은 수레 뒤로 멀어지고 있는 지독문의 관문을 보

며 힘껏 다짐했다.

'두고 봐. 힘을 키워서 반드시 돌아올 테니까.'

그러나 진자강과 달리 약왕문의 사람들은 기운이 없는 표정이었다.

지독문에서 내내 고문을 받다가 이제 겨우 해를 보게 되었지만, 이들이 가는 곳은 한번 들어가면 다신 나올 수 없는 지하 광산이었다.

그들에게는 사실상 이것이 마지막으로 바깥 공기를 접하는 기회가 되는 것이다.

그래서 그들이 보기엔 진자강의 결연한 모습이 오히려 더 이상할 수밖에 없었다.

* * *

이제 관문을 지난 지 한참 되어 지독문의 전각들은 매우 작게 보였다.

길옆이 가파른 낭떠러지인 꾸불꾸불한 산길이 장시간 이어졌다. 땅의 구 할이 산으로 된 운남의 지형 탓이다.

진자강은 달아날 준비를 하며 눈치를 살폈다.

'칼을 든 무사가 앞뒤로 넷, 무림 고수로 보이는 사람이 둘.'

혈라수의 무시무시했던 모습을 생각하면 섣부르게 행동해서는 안 된다.

진자강으로서는 무사들을 상대하는 것만도 벅찼다. 한두 명이야 어떻게 독을 이용해서 해치울 수 있다 쳐도 나머지가 경계하기 시작하면 진자강으로서는 해결책이 없다.

'어떻게 할까.'

상황을 보아서 먹을 것에 독을 타는 방법이 가장 무난할 듯싶었다. 하지만 먹을 때 접근할 수 있을지는 장담하기 어려운 일이었다.

그렇게 진자강이 여러 방법들을 생각하고 있으니 용명이 옆으로 좀 더 다가와 앉았다.

"무슨 생각을 하는 거냐."

굳이 물어보려고 던진 질문이 아니란 걸 알았기 때문에 진자강은 그냥 고개만 끄덕였다.

"그냥 이것저것요."

"그래."

잠시 운을 뗀 용명이 물었다.

"너는 어떻게 탈출했느냐?"

진자강이 간단히 대답했다.

"죽은 줄 알고 혼천지에 버려졌어요."

용명의 표정이 묘해졌다.

갇혀서 고문을 받을 때 여러 번 들었던 얘기였다.

망료는 진자강의 몸에 독을 시험해 보는 데 제법 많은 시간을 할애했지만 그 외의 시간에는 비급을 연구하거나 백화절곡과 약왕문의 제자들을 고문해 정보를 뽑아냈다.

그런 망료가 어느 날 한쪽 눈이 멀어 와서는 혼천지 어쩌구 하며 발광을 했었던 것이다.

"그게 너였구나?"

옆에 있던 젊은 청년과 노인이 믿을 수 없다는 얼굴로 진자강을 쳐다보았다.

"거짓말이야. 망료의 눈을 그렇게 만든 게 저 꼬마라고?"

"믿기 힘들군. 고문을 받다가 죽은 친구들이 버려지는 데가 혼천지였어. 거긴 유황의 독기가 너무 심해서 산 사람도 일각을 버티기 힘든 곳이라 했네."

진자강은 앞선 얘기에 대해서는 잘 몰랐다. 달아난 이후로 망료를 본 적이 없으니까. 망료가 눈이 멀었다는 건 들었지만 정말인지 아닌지는 알 수 없었던 것이다.

두 번째 얘기에 대해서는 할 말이 있었다. 다만 이들을 얼마나 믿고 어디까지 얘기해야 할지 몰랐다.

언제 저들이 배신해서 자기를 밀고할지 모르는 일이었다.

"바닥이 물처럼 흘러서 깨어나니 굴이 있었어요. 거기서 버섯을 먹고 버텨서 살아났어요."

용명과 다른 이들이 진자강의 눈을 주시했다. 그러나 진자강은 전혀 거짓말을 한 게 아니므로 눈동자가 흔들리지 않았다.

"으음."

한데 용명이 진자강을 바라보다가 희한한 것을 발견했다. 진자강의 눈이 너무 투명하고 맑았다.

그래서 다시 한 번 진자강을 찬찬히 살펴보았다. 피부는 흙투성이라 더러웠고 딱지로 뒤덮여 징그러웠는데 일부나마 드러난 살이 믿기 어려울 정도로 매끄러워 보였다.

"잠시 손 좀 보자."

진자강은 어쩔 수 없이 손을 내밀었다.

용명이 진자강의 손목 어림을 손으로 문질렀다. 딱지가 벗겨지며 하얗고 투명한 살갗이 드러났다. 그냥 분장을 했다거나 하는 정도로 설명하기 어려운 살결이었다.

용명은 믿을 수 없다는 얼굴로 탄성에 가까운 낮은 소리를 냈다.

"네 말이 사실이라면, 넌 거기에서 기연을 얻었구나. 거의 환골탈태하듯 피부가 새로 났어."

눈의 정광(晶光)도 그렇고 몸의 반이나 앉은 딱지도 그렇다. 진자강의 머리카락이 다 빠지고 새로 나는 것만 보아도 기연을 얻었다는 걸 확신할 수 있었다.

그 얘기를 들은 수레 안의 약왕문의 사람들이 경악의 얼굴을 했다가, 아차 싶었는지 재빨리 표정을 숨겼다. 만일 진자강이 기연을 얻은 게 사실이라면 여기에서 달아날 수 있을지도 모른다는 희망의 빛이 보였다.

하지만 다른 사람을 믿고 함께 일을 도모하는 것은 진자강에게 매우 어려운 일이다. 이미 가장 가까운 이에게 배신을 당한 진자강은 마음의 상처가 너무 컸다.

용명이 진지한 얼굴로 목소리를 더 낮추고 물었다.

"달아날 방법이 있느냐?"

진자강은 침묵했지만 더 이상 숨길 수가 없었다.

"네."

"어떻게?"

"제가 독을 쓸 수 있어요."

"독을?"

믿기 어려운 눈이었지만, 믿으라고 보여 주기까지 하고 싶지는 않았다.

"얼마나 강한 독이냐."

"혈라수라는 노인을 죽였어요."

용명의 눈초리가 파르르 떨렸다. 혈라수는 지독문에서 손꼽는 고수였다. 혈라수를 죽일 독이라면 탈출도 꿈이 아니다.

용명이 지독문의 고수 둘을 차례로 가리키며 속삭였다.

"저기 왼편의 키가 크고 대감도를 허리에 찬 자는 지독문이 외부에서 영입한 대막대도(大漠大刀)라는 고수이고, 오른편의 팔이 긴 자는 독을 바른 비수(匕首)를 잘 쓰는 날명도(捺命刀)다. 우리가 모두 덤벼도 이길 수 없는 게 저 둘이다."

잠시 말을 끊었던 용명이 물었다.

"가능하겠느냐? 네게 좋은 계획이 있다면 우리가 널 도울 수 있다."

과연 이들을 믿어도 될까.

하지만 다른 길이 없었다. 진자강은 고개를 끄덕였다.

"생각해 보고 있어요."

"일단 확실한 기회가 올 때까지 경거망동하지 마라."

"알겠어요."

용명이 자리를 좀 옮겨 다른 약왕문의 사람들과 이야기를 하는 모양이었다.

작은 목소리들이 진자강의 귀에 들려왔다.

"안 돼. 그러다가 우리가 다 죽어요."

"어차피 이렇게 끌려가면 다 죽는다."

탈출에 대해서 의견을 주고받는 듯했다.

그런데 어느 정도 시간이 지났을 때 약왕문의 사람들이

모두 입을 다물었다. 그들이 뒤쪽을 주시하고 있었다.

지독문의 산문 쪽에서 한 사람이 말을 타고 바람처럼 달려오는 게 보였던 것이다.

약왕문의 사람들과 진자강은 긴장하며 그를 쳐다보았다.

"멈추시오!"

내공이 실린 목소리가 크게 울렸다.

"워워."

포로들을 인솔하던 대막대도가 수레를 세웠다.

말을 탄 지독문의 전령이 도착했다.

"망료 장로님의 명령입니다. 지금 즉시 수레를 멈추고 지독문으로 되돌아오셔야 합니다."

"뭐?"

대막대도와 날명도가 서로를 마주 보았다.

"무슨 일이야?"

전령이 말했다.

"포로 한 놈이 달아난 모양입니다. 혹시나 이 무리에 숨어서 달아났을 가능성이 있어서……."

그 말을 들은 진자강은 아찔했다. 다른 약왕문의 사람들도 아연한 기색이 역력했다.

'발각됐구나!'

전령이 계속해서 말했다.

"어서 수레를 돌려 주십시오."

날명도는 원래가 지독문의 소속이었으므로 신중하게 생각하는 모양새였는데, 대막대도는 외부 인사였다.

"그까짓 걸 가지고 다시 문파로 돌아오라고? 그 노인네 미친 거 아냐?"

전령이 눈살을 찌푸렸다.

"네? 말이 심하십니다?"

대막대도가 짜증을 냈다.

"말이 심하긴 뭐가 심해. 아닌 말로 망 장로 요즘 제정신 아닌 거 모르는 사람이 어디 있어? 지금 우리가 어디 놀러 가는 줄 알아? 무림총연맹 놈들 눈치 보느라 기착지마다 날짜 맞춰서 도착해야 하는 거 모르고 하는 소리야? 그런데 뭐? 수레를 돌려? 그 뒷감당은 누가 하고!"

날명도도 씁쓸하게 웃었지만 대막대도의 편을 들었다.

"이 좁은 길에서 수레를 반대로 돌리는 건 어려운 일일세."

대막대도가 화를 내며 말했다.

"굴러떨어져 죽기 딱 좋지!"

전령이 소리를 높였다.

"장로님의 명령을 거역하실 셈입니까!"

대막대도가 화를 벌컥 냈다.

"야이! 네가 눈이 있으면 봐! 지금 여기 몇 명이나 된다고 여길 숨어들겠어! 정 의심이 가면 네가 그냥 여기서 확인하고 돌아가면 될 거 아냐!"

"그것이……."

전령은 탈출했다는 포로의 얼굴을 모른다.

날명도가 수레의 뒤에 선 무사 한 명에게 물었다.

"밤에 인원 변동이 있었나?"

"없었습니다."

"그럼 어제와 숫자가 똑같겠군."

"예, 밤에는 열한 명이었습니다."

대막대도가 못을 박았다.

"머리통 숫자 세 보고 이상 없으면 그냥 간다. 이의 없겠지? 어차피 끌려가면 다시 못 나올 곳에 가는 놈들이야. 그냥 신경 끄라고 해!"

대막대도의 말이 틀리지 않아 전령도 더 대꾸하지 못했다.

성질 급한 대막대도는 전령이 대답도 하기 전에 벌써 수를 세고 있었다.

"하나둘……."

본래 몇 되지 않는 수임에도 그동안 숫자를 세지 않았던 것은 순전히 단순한 이유였다.

숫자가 무의미하기 때문이다.

여기 있는 포로들은 이미 효용 가치가 끝났고 죽을 날까지 노역이나 할 신세다. 죽거나 말거나 아무도 이들의 목숨에 대해서는 신경 쓰지 않는다.

고문의 후유증으로 길을 가다가 죽을 수도 있고 반항한다고 때려죽일 수도 있었다. 그야말로 파리 목숨이었다. 하다못해 말안장에 달린 물통의 개수보다도 못한 신세인 것이다.

그러니 굳이 매번 머릿수를 셀 일도 없었다.

하나 어쩌다 한 번 머릿수를 셌는데 알고 있는 것과 다르면 문제가 된다.

바로 지금처럼.

"열하나, 열둘! 다 해서 머리통 열두 개."

숫자를 다 센 대막대도의 표정이 변했다.

"뭐야. 머리 하나가 더 있네?"

* * *

진자강은 심장이 터질 지경이다.

'글렀어!'

못 본 척해 달라고 구걸할 수도 없는 노릇이었다. 당연히 부탁을 들어줄 리 만무하다.

그렇다고 이대로 잡혀가고 싶지도 않았다. 망료의 손에 잡혀가서 그 끔찍한 고통을 다시 겪느니 죽는 게 나았다.

할 만큼 했으니 후회는 없지만 여기까지 와서 죽는다는 게 억울하다.

'생각하자, 생각해.'

심장은 여전히 두근댔지만 진자강은 놀랄 만큼 침착해졌다.

진자강은 몸을 돌려 약왕문의 비급 본초양공을 꺼내 용명에게 몰래 건네주었다.

용명이 성급하게 행동하지 말라는 눈빛을 해 보였으나, 진자강에게는 선택의 여지가 없었다.

진자강은 이를 악물었다. 유일한 무기인 깨진 그릇 조각을 손에 꼭 쥐었다. 새끼손가락 끝에 독을 끌어 올렸다.

지금이 아니면 제대로 휘두를 기회조차 주어지지 않을 것이다.

아마 덤비는 순간 칼질 한 번이면 죽겠지.

'후우!'

진자강은 심호흡을 했다.

수레 뒤쪽의 무사 둘과 전령을 향해 달려들었다가 옆의 숲으로 달아날 생각을 했다.

숫자를 모두 센 대막대도가 어이없는 투로 말했다.

"왜 머리 하나가 더 있어. 어떤 놈이야. 빨리 안 나와?"

지금이다!

진자강이 막 뛰쳐나가려는 순간이었다.

갑자기 용명이 진자강의 손목을 붙들었다. 용명이 무거운 표정으로 진자강에게 말했다.

"목숨을 아껴라."

"……!"

"널 찾으러 여기까지 온 걸 보니 널 믿지 않을 수가 없구나."

용명은 진자강의 손에서 깨진 그릇 조각을 빼앗아 갔다. 그러더니 날카로운 끝으로 옆 청년의 밧줄을 끊었다.

자유로워진 옆 청년이 비장한 얼굴로 용명과 눈빛을 주고받았다. 그리고 진자강에게 당부했다.

"우리 약왕문을 부탁한다."

진자강이 뭐라고 할 틈도 없이 청년이 벌떡 일어섰다.

"앗!"

모두의 시선이 청년을 향했다.

청년을 수레를 밟고 뛰었다. 무사들이 달려왔지만 청년이 절벽으로 뛰어내리는 상황을 막지 못할 것 같았다.

"이놈들! 어디 날 잡아 봐라!"

청년은 고함을 지르며 허공으로 몸을 날렸다.

그 순간 진자강의 앞에서부터 청년의 몸에까지 허공에 소름 끼치는 선이 그어졌다.

보기만 해도 오싹해져서 다시는 보고 싶지 않은 투명하고 푸른색이 도는 널찍한 선이었다.

훅.

어느 새인지 진자강의 앞에 커다란 그림자가 나타나 등을 보이고 있었다.

대막대도였다.

강렬한 바람이 일어났다.

진자강은 숨이 턱 막혔다.

'언제?'

대막대도가 움직이는 걸 보지도 못했다.

일전의 혈라수와는 차원이 달랐다.

원래 비상은 감각을 잃게 만들고 제대로 서지 못하게 만든다. 당시에 혈라수는 심장까지 멈춰 서 몸이 극히 둔해져 있었다. 그래서 진자강은 정말 제대로 된 무공의 고수가 얼마나 빨리 움직이는지 알지 못했던 것이다.

그러나 중요한 것은 그게 아니었다.

그 커다란 그림자, 대막대도는 칼까지 뽑아 든 채였다. 뽑아서 한껏 우측으로 길게 팔을 뻗고 있는데 칼날에는 서리 같은 것이 점점이 앉아 있었다.

허공에 그어졌던 투명한 선은 칼에 맺힌 서리 같은 것이 지나간 흔석이었다.

이어 그어진 흔적이 눈이 녹듯 서서히 소멸되어 갔다.

진자강은 이제껏 단 한 번도 본 적이 없는 광경이었다.

"검기!"

약왕문의 누군가가 나지막이 부르짖는 소리에 그것의 정체를 알 수 있었다.

아름답지만 무시무시한 위력…….

그 앞쪽으로는 믿을 수 없는 일이 벌어져 있었다.

절벽으로 뛴 청년의 머리가 공중에서 빙글빙글 돈다.

피를 흩뿌리면서.

몸뚱이는 허우적거리면서 이미 절벽 아래로 추락하고 있음에도.

쉭!

이어 날카로운 바람 소리와 함께 돌고 있는 청년의 머리에 끈이 달린 비도가 날아가 박혔다.

날명도가 끈을 당기자 청년의 머리가 날명도의 손 안으로 빨려 들어가듯 당겨졌다.

그것은 너무도 순식간에 벌어진 일이었다.

거의 눈 한 번 깜박할 사이.

모두가 그 잔인하고 압도적인 무력에 얼어붙어 있었다.

진자강조차 움직일 생각을 하지 못했다. 아니, 정확하게는 움직이려고 하던 찰나에 놀라서 멈춰 버렸다고 해야 할 것이었다.

날명도는 청년의 머리를 손에 들고 이리저리 둘러 보았다.

전령이 말을 더듬었다.

"아니, 그렇게 죽여 버리시면."

대막대도는 피가 묻은 칼날을 혀로 핥으며 되물었다.

"그럼 어쩌라고?"

날명도가 그 광경에 눈살을 찌푸렸다. 대막대도는 대막에서 도적질을 하다가 몇 년 전 중원으로 넘어왔다. 그런데 아직도 도적이었던 때의 습관을 버리지 못하고 있었다.

대막대도는 칼날 양쪽을 핥고 나더니, 청년의 머리통을 쥔 날명도를 보며 히죽 웃었다.

"그걸 뭐하러 집어 와?"

"혹시 모르니까 맞나 확인하려고."

날명도는 단도를 뽑고 머리를 전령에게 던졌다.

"확인해 보게."

머리를 받은 전령은 꿀 먹은 벙어리가 되었다. 어떻게 해야 할지 몰라서다.

"죄송합니다. 저도 얼굴은 잘 모릅니다."

대막대도가 피식 웃었다.

"그까짓 걸 뭘 확인해. 당연히 그놈이 아닌데."

원래 약왕문의 포로들은 비분강개했으나 억지로 참고 있는 얼굴이었다. 청년은 진자강을 살리기 위해 대신 죽었지만, 그건 진자강보다는 약왕문의 다른 사람들을 위해서였다.

그러나 대막대도의 마지막 말에 모두가 경악의 표정을 감추지 못했다.

"킬킬킬. 이놈들 봐라? 어떻게 알았느냐는 얼굴들일세?"

대막대도가 수레 위로 훌쩍 올라가 포로들을 보며 말했다.

"이놈들아, 내가 바보인 줄 알아? 세상에 달아나려고 절벽으로 뛰는 놈이 어디 있어. 앙? 그냥 탈주한 놈을 살리려고 일부러 절벽으로 뛴 거지. 나중에라도 시체를 찾지 못하게 시간을 벌려고. 안 그래?"

대막대도는 거의 조롱하는 투로 자기 머리를 손가락으로 툭툭 쳐 보였다.

"머리를 써, 머리를. 그냥 그놈을 잡아서 넘겨 주면 그만인데 왜 놈을 감싸다 개죽음을 당하려고 그래. 어차피 갱도

들어가서 못 나오고 죽으면 마찬가지라 그래?"

개죽음이란 말에 진자강의 가슴 한가운데가 숯으로 지진 듯 쑤셔 왔다.

"탈주한 놈 나와. 안 나오면 나올 때까지 한 명씩 죽인다. 허풍 아니다."

대막대도가 칼을 휘두르며 위협했다.

그때까지만 해도 진자강은 청년의 희생을 크게 생각하지 못했다. 굳이 약왕문 사람들을 구하겠다거나 하는 생각도 하지 않았고, 그들을 완전히 믿지도 않았다.

하지만 청년의 모습이 곽오의 모습과 엇갈려 생각되면서 순간적으로 감정이 치밀었다.

곽오는 자신의 영달을 위해 백화절곡을 팔아넘겼지만 청년은 순수하게 약왕문의 다른 이들을 위해서 자신의 목숨을 희생했다.

그러나 그의 숭고한 희생은 방금 대막대도에 의해 개죽음으로 치부되어 버렸다.

참을 수 없는 분노가 치솟았다.

까득.

진자강은 새끼손가락을 깨물었다.

어차피 살아나가기 힘들다면 다른 사람들을 위해서 한 명이라도 함께 데리고 간다!

하지만 진자강보다도 빠르게 나선 사람이 있었다.

"죽일 놈들!"

한 노인이 대막대도를 향해 부르짖은 것이다.

"나도 죽여라, 이놈아!"

아마도 죽은 청년과 관계가 있는 사람인 듯 피눈물을 흘리고 있었다.

"그래? 잘됐네. 그렇잖아도 탈주한 놈이 안 나와서 슬슬 한 놈 죽일 생각이었는데."

대막대도는 조소를 짓더니 수레 위 가장자리를 걸으며 노인의 머리를 붙들고 일으켜 세웠다.

그러더니 그 자리에서 무자비하게 칼을 휘둘렀다. 그것은 반항하지 못하는 약자를 향한 순수한 폭력이며 도살이었다.

서걱!

"아앗!"

좁은 수레 안에 피가 쏟아졌다. 노인의 머리와 몸이 따로 바닥을 굴렀다.

약왕문 사람들은 밧줄에 일렬로 묶여 있었기 때문에 미처 피하지 못하고 몸이 노인에게서 쏟아진 피로 흠뻑 젖었다.

대막대도는 엎어진 노인의 몸뚱이에 칼을 박았다

콰직.

칼이 몸을 관통해서 수레 바닥까지 꽂혔다. 대막대도는 그래 놓고 보란 듯 팔짱을 꼈다.

"크크크."

약왕문의 사람들은 공포에 질렸으나 몇몇은 분노했다.

"이 나쁜 놈!"

약왕문의 사람들 중 몇몇이 대막대도를 향해 달려들려고 했다. 하지만 묶인 밧줄 때문에 무서워서 움직이지 못하는 사람들과 서로 엉켜 나뒹굴 따름이었다. 수레 안이 엉망이 되었다.

"킬킬."

대막대도는 칼을 뽑고 수레 앞쪽으로 훌쩍 몸을 날려 수레를 끄는 말 위로 올랐다.

그리고 아까보다도 더 진득하게 칼날에 눌어붙은 피를 핥았다. 문득 싸한 유황 냄새가 미세하게 났으나 대막대도는 별로 개의치 않았다.

"탈주한 놈. 아직도 나올 생각이 없나?"

말을 하면서도 내내 혀를 날름거리는데 보통 사람보다 유난히 혀가 길어서 보기에 더 오싹하고 징그럽기 짝이 없었다.

그때 진자강이 숫자를 세기 시작했다.

"하나."

그러더니 용명을 보며 말했다.

"저놈을 죽일 거예요. 다른 자들은 저도 어떻게 할 수 없어요."

"뭐?"

"둘. 달아나실 거면 마지막 기회예요."

용명은 진자강의 말이 거짓이 아니라는 걸 느꼈다. 급히 옆쪽의 사람들에게 말을 전하고 몰래몰래 깨진 조각으로 밧줄들을 끊었다.

"셋."

진자강은 계속 숫자를 세고 있었다.

대막대도가 앞뒤 수레를 둘러보며 말하고 있었다.

"안 나와? 한 놈 때문에 이 사람들 전부가 죽어도 좋은가?"

아무도 말이 없자 대막대도는 다시 말을 이었다.

"약왕문 놈들은 정말 멍청하군! 너희와 아무 상관이 없는 놈 하나 때문에 문파의 씨가 마르게 생겼는데 하나같이 입을 다물어?"

"……넷."

"너희가 다 자초한 일이니 이 어르신을 원망하지 말거라."

"다섯."

"다음 놈부터는 곱게 안 죽이고 팔다리 하나씩 뗀다."

"……여섯."

"……."

대막대도는 말을 멈추었다.

누군가가 작은 목소리로 숫자를 세고 있었다.

"일곱."

무의식적으로 숫자를 외는 듯 고저장단이 없는 목소리였다.

"어떤 놈이냐."

"여덟."

기분이 껄끄러워진 대막대도는 귀를 기울였다. 뒤쪽의 수레에서 들려오는 소리였다.

방금 노인을 베었기 때문에 전부 피에 젖어 있었다. 조금 분간이 어려웠다.

그중 고개를 숙이고 쪼그려 앉은 소년이 중얼거리고 있었다.

"너 임마, 지금 뭐하는 짓이야?"

"아홉."

진자강의 행동이 대막대도의 심기를 거슬렀다.

사실은 그대로 다시 뛰어 돌아가 진자강을 죽여 버릴 수도 있었다. 겉으로 보기에 진자강은 그냥 힘없이 왜소한 소년일 뿐이었다.

그러나 아까부터 대막대도가 탈주자, 즉 진자강에게 굳이 모습을 나다내라고 하는 건 이유가 있었다.

대막대도는 진자강의 이름을 몰랐지만, 그 진자강이 망료의 다리를 외다리로 만들고 눈까지 멀게 만들어 혼천지로 달아났다는 건 알고 있었던 것이다.

망료만 해도 하수라고는 할 수 없다. 지독문에선 그래도 제법 고수 축이다.

그런 망료를 몇 번이나 골탕 먹였고 더구나 그 혼천지에서 한 달이나 살아남았다. 무언가 숨겨 둔 한 수를 가지고 있지 않고서야 불가능한 일이다.

대막대도는 무식하게 보이는 겉모습과 달리 머리가 영악한 자였다. 혹시나 잘못될 만한 상황은 별로 만들고 싶지 않았다.

그래서 자꾸만 탈주자가 스스로 나오는 상황을 만들려 했던 것이다.

그러나 진자강은 더욱 그런 그를 자극했다.

"열."

마지막 숫자는 전부 들릴 정도로 크게 세었다.

그러더니 마침내 진자강이 얼기설기 묶었던 밧줄을 털고 일어섰다.

대막대도는 움찔했다.

진자강에게서는 전혀 기세나 압박이 느껴지지 않았다. 그러나 진자강이 뭔가 있는 척하고 있으니 잠깐 긴장했다.

하나 대막대도는 곧 자기가 꼬마에게 긴장했다는 사실이 어이가 없어져서 이내 피식 웃었다.

"건방진 꼬마 놈이, 어설프게 어르신을 놀리려 드는구나. 너냐? 설마 네가 그 탈주한 놈이냐?"

진자강이 대막대도를 향해 손가락을 들어 가리켰다.

"……."

물론 아무 일도 일어나지 않았다. 대막대도는 화가 났다. 게다가 왠지 입이 화끈거리고 배가 살살 아파 오는 게 기분이 매우 찝찝했다.

"너 이 새끼, 거기 가만히 있어라."

대막대도는 말 등을 박차고 높이 뛰어올랐다.

수레까지 단번에 뛰어서 수레의 가장자리를 밟고 진자강을 들이패든지 머리를 날려 버리든지 할 생각이었는데…….

어이없게도 대막대도는 수레의 가장자리를 헛밟아서 미끄러지고 말았다.

"어어?"

그것도 헛밟으면서 밖으로 미끄러지며 앞으로 엎어져 수

레의 가장자리에 머리까지 박았다.

쾅!

대막대도는 수레의 바깥으로 떨어졌다.

이 황당한 사건에 모두가 말을 잃었다.

왜 대막대도 같은 고수가 겨우 몇 걸음의 거리를 뛰어넘다가 실수를 한단 말인가?

지독문의 무사들은 물론이고 날명도나 전령조차도 이해하기가 어려웠다.

한데 더 이상한 것은 수레 아래로 떨어진 대막대도가 일어나지 않고 있다는 점이다.

"어이, 대도."

앞쪽에 있던 날명도가 소리쳐서 대막대도를 불렀다.

"대도!"

그러나 대막대도는 대답도 없었다.

창피해서 죽었으면 죽었지, 고수인 대막대도가 머리를 박았다고 죽을 리 없다.

날명도는 옆으로 한 걸음 몸을 옮겨서 수레 아래 떨어진 대막대도를 보았다.

"끄윽, 끄윽!"

대막대도가 입으로 피거품을 내뿜으며 몸을 버둥거리고 있었다.

날명도는 경악했다.

"독!"

그 말에 놀란 지독문의 무사들이 수레에서 비켜났다.

"어, 어느새!"

날명도는 수레 위에 가만히 서 있는 진자강을 노려보며 소리쳤다.

"네 이놈! 대막대도에게 무슨 짓을 한 거냐!"

진자강은 아무 대답도 하지 않고 가만히 날명도를 쳐다보기만 했다.

당황스러웠지만 그것만으로도 날명도는 압박을 느꼈다.

"이놈이……."

날명도가 단도를 손에 쥐고 이를 갈았다. 하나 진자강이 무슨 짓을 어떻게 했는지 전혀 모르기 때문에 함부로 손을 쓸 수가 없었다.

여차하면 자기도 대막대도처럼 아무것도 모른 채 죽게 될 수 있었다.

그 틈에 진자강은 용명에게 말했다.

"가세요."

"하지만……."

용명은 망설였다.

가까이에서 진자강을 지켜본 용명은 진자강이 한 일을

알았다.

그것은 대막대도가 수레의 노인을 베고 난 직후에 벌어진 일이었다.

다른 이들이 난리를 치며 엉켜서 버둥거릴 때, 진자강은 그들 사이에 몸을 숨긴 채 눈 하나 깜짝하지 않고 손을 휘둘렀다.

정확하게는 볼 수 없었으나 대막대도의 칼에 자신의 핏방울을 뿌린 듯 보였다.

살기도 없었고 피를 뿌리는 행동도 다른 이들의 야단법석에 가려져 전혀 알아채기 어려운 자연스러운 동작이었다.

그때는 그게 무슨 의미가 있나 싶었는데, 직후에 대막대도는 칼에 묻은 피를 핥았다.

그리고 진자강이 열을 센 후에 중독되어 죽었다.

진자강이 숫자를 센 것은 독이 몸에 퍼지는 걸 계산한 시간이었던 것이다.

참으로 경악하지 않을 수 없는 노릇이었다.

옆에서 보고 있는데도 전혀 독을 쓰는지 알지 못했다. 그랬으니 대막대도도 모르는 상태로 중독이 되었을 것이다.

그 과정을 다 지켜보았기 때문에 진자강이 더 이상 날명도를 어떻게 하기는 어렵다는 걸 알았다. 그래서 자신들에게 가라고 하는 것일 터이다.

곧 약왕문의 포로들이 모두 밧줄을 풀고 슬그머니 일어서서 수레를 내려왔다.

무사들과 전령이 어쩔 줄을 모르고 날명도를 쳐다보았다.

날명도가 소리를 질렀다.

"막아! 저 꼬마……."

진자강도 마주 소리를 쳤다.

"움직이면 다 죽일 거야!"

그 말에 움직이려던 무사들이 다시 멈추었다.

대막대도는 이들과 비교하기 어려운 고수다. 방금까지 두 명의 목숨을 순식간에 앗아 가며 무공을 뽐냈다.

그런 대막대도가 아무것도 해 보지 못하고 날벼락을 맞은 것처럼 죽어 버렸는데 일반 무사들이 뭘 어쩔 수 있겠는가!

앞을 막지 않을 수도 없고 섣불리 앞을 막아섰다가 허무하게 죽어 버리기도 싫으니 이러지도 저러지도 못할 뿐이었다.

그 틈에 약왕문의 포로들이 산 쪽으로 향했다. 산을 타고 올라가 달아날 생각이었다.

당연히 날명도는 그걸 그대로 내버려 두지 않았다.

대막대도가 죽고 자기가 책임자인 이상 더 이상은 용납할 수 없었다.

'겨우 꼬마 하나에!'

날명도는 살기를 뿜어내며 내공을 실어 외쳤다.

"놈들을 막아! 꼬마는 내가 맡는다! 한 놈이라도 도망치면 네놈들 전부를 죽여 버리겠다!"

지독문의 무사들 넷은 어쩔 수 없이 약왕문의 포로들을 쫓아갔다. 싸움이 벌어졌다.

"와아아!"

"죽여!"

"으악!"

"컥!"

비명이 울렸다.

약왕문의 이들은 대부분이 고문을 받고 기운이 떨어진 상태였으므로 비명은 약왕문 쪽에서 주로 났으나, 숫자가 많아 그래도 어찌어찌 제압하긴 하는 모양새였다.

그러나 진자강은 사람들이 달아나지 못하고 싸움이 벌어지자 저도 모르게 시선을 돌렸다.

아무리 머리가 좋고 대담하다 하더라도 아이인지라 순간적으로 집중력이 흐트러질 수밖에 없었다.

그것은 적을 앞에 두고 매우 위험한 행위였다.

특히나 날명도 같은 원거리 비도술을 자랑하는 고수를 상대로!

"놈!"

날명도가 앞으로 쭉 밀어낸 손에서 비도가 떠났다.

비도는 순식간에 허공을 격하고 진자강의 심장을 노렸다.

"안 돼!"

미처 떠나지 못하고 진자강의 곁을 지키던 용명은 진자강이 시선을 돌리는 순간 위험을 감지했다. 자신의 몸을 날려 진자강을 감쌌다

퍽!

어깨에 깊숙하게 비도가 파고들었다. 아니, 어깨를 뚫고 진자강의 복부에까지 들어가 박혔다.

날명도가 비도에 연결된 줄을 당기자 진자강이 비명을 질렀다. 비도 끝이 갈고리형으로 되어 있어서 빠지질 않았다.

"으아아악!"

용명은 끌려가지 않으며 버텼지만 진자강과 함께 꿰인 꼴이라 둘이 함께 날명도에게 끌어당겨졌다.

"크읏!"

"부문주님!"

다행히도 약왕문의 포로 한 사람이 대막대도가 떨어뜨린 칼을 주워 줄을 잘랐다.

티잉!

줄이 끊기며 용명과 진자강이 뒤로 나뒹굴었다.

"방해하지 마라!"

날명도는 앞으로 쇄도하며 비도를 던졌다. 그런데 줄을 끊은 이는 피하지 않고 그대로 비도를 몸으로 받았다.

"커억!"

약왕문 포로의 가슴 한복판에 비도가 박혔다. 하지만 절대 놓지 않겠다는 듯 비도를 꽉 잡고 엎어졌다.

비도에는 끈이 달려 있기 때문에 날명도는 비도를 버리고 새 비도를 꺼내 들 수밖에 없었다.

그사이에 약왕문의 사람들이 더 몰려와 용명과 진자강의 앞에 섰다.

"이놈들이? 꺼져라!"

날명도는 두 개의 비도를 더 뽑아 아예 직접 약왕문의 사람들을 베려 했다.

하지만 그사이 약왕문의 사람들은 전령을 말에서 떨어뜨리고 용명과 진자강을 태웠다.

다만 달아날 길이 문제였다.

뒤쪽은 지독문으로 다시 돌아가는 길이고 앞쪽에는 고수인 날명도가 무시무시한 기세로 달려오고 있었다.

약왕문의 남은 사람들은 서로를 마주 보며 마른침을 꿀꺽 삼켰다.

날명도가 소리를 질렀다.

"비키지 않으면 죽는다!"

날명도의 고함 소리에 그들은 오히려 전의를 불태웠다. 그러곤 날명도에게 달려들었다.

"으아아아!"

"죽여라, 죽여!"

양팔을 잔뜩 벌리고 날명도를 향해 달려드는데 날명도가 비도로 베어도 소용이 없었다. 쓰러지면서도 기어코 날명도의 옷자락을 붙들었다.

날명도는 순식간에 세 명을 베었지만 더 앞으로 나아가지 못했다.

그때 날명도의 머리 위로 그림자가 드리워졌다.

이히히히힝!

날명도는 급히 몸을 숙여 굴렀다.

말이 날명도를 뛰어넘어 지나치고 있었다. 말에 탄 용명의 등이 보인다.

날명도는 비도를 들었다.

수레 때문에 시야가 가려져 수레 위로 뛰어올라 비도를 던지려 했다.

그런데 발이 안 떨어진다.

"이익!"

아래를 내려 보니 고문으로 얼굴 가죽이 일부 벗겨진 약왕문의 청년이 날명도의 발을 붙들고 있었다.

"헤헤, 못 간……."

날명도는 청년의 말이 끝나기도 전에 무서운 얼굴로 청년의 머리를 비도로 찍어 버렸다.

청년의 눈은 순식간에 생기를 잃었다.

날명도가 다시금 고개를 들어 보니 용명과 진자강이 탄 말은 이미 비도가 닿지 않을 거리까지 달려간 뒤였다.

늦었다.

"망할."

장내의 상황을 보니 개판이었다.

무사 셋과 전령은 죽거나 크게 다쳤고, 한 명만 가벼운 부상을 입은 채 살아남았다.

약왕문 사람들은 모두 죽었다.

"으으으!"

날명도는 이를 갈았다.

진자강을 놓친 것은 자신의 책임이다.

하지만 일이 이 지경까지 오게 된 건 애초에 망료가 진자강을 놓쳐서다.

"망료! 그 멍청한 늙은이 때문에!"

날명도는 화가 나서 자신의 다리를 여전히 붙들고 있는 청년을 짓밟았다.

퍽퍽!

이미 싸늘한 주검이 된 청년에게서는 비명조차 나오지 않았다.

*　*　*

진자강은 용명에 의해 안장 앞에 태워져 있다가 뒤를 쳐다보았다.

약왕문의 사람들이 죽어 가는 모습이 보였다. 끝까지 목숨을 걸고 날명도를 막아서는 모습도.

—달아나.

오채오공에 물려 죽어 가던 엄마도 그랬다. 엄마는 당신 본인이 죽어 가면서도 마지막까지 진자강을 걱정했다.

그 모습이 떠올라서 진자강은 눈물이 줄줄 흘렀다.

알지도 못하고 겨우 잠깐 함께 있던 사람들이었다. 그들의 희생이 오롯이 진자강만을 위해서는 아니었다고 해도, 그들의 희생 덕에 진자강은 마침내 살아났다.

"나 때문에……."

진자강은 울먹였다.

그런 그의 머리를 따스한 손이 와 얹혔다.

“아니. 너 때문이 아니다. 그들은 지독문에 의해 평생을 노예처럼 살다가 죽는 것보다 이 자리에서 자랑스럽게 스스로의 죽음을 결정한 것이란다.”

하지만 그렇게 말하는 용명도 울고 있었다. 그는 방금 가족과도 같은 문파의 모든 이를 잃었다.

그 아픔을 익히 알고 있는 진자강이었다.

“놈들을 결코 용서하지 않겠어. 하나도 남김없이 모두 죽여 버릴 거야. 천지신명께 맹세코! 놈들을 전부 죽일 때까지 절대 포기하지 않아!”

진자강은 울부짖었다.

“으아아아아!”

다그닥, 다그닥!

진자강의 눈물과 고통스러운 외침을 뒤로한 채, 말은 쉬지 않고 달렸다.

〈다음 권에 계속〉